Serge

Yasmina Reza

Serge

Traducción de Juan de Sola

EDITORIAL ANAGRAMA
BARCELONA

Título de la edición original:
Serge
© Flammarion
París, 2021

Ilustración: © Costa Dvorezky

Primera edición: octubre 2021

Diseño de la colección: Julio Vivas y Estudio A

© De la traducción, Juan de Sola, 2021

© EDITORIAL ANAGRAMA, S. A., 2021
    Pedró de la Creu, 58
    08034 Barcelona

ISBN: 978-84-339-8102-8
Depósito Legal: B. 12379-2021

Printed in Spain

Liberdúplex, S. L. U., ctra. BV 2249, km 7,4 - Polígono Torrentfondo
08791 Sant Llorenç d'Hortons

A mi Vladichka

–

A Magda e Imre Kertész, amigos queridos

La piscina de Bègues data de los años veinte o treinta. No había puesto los pies en una piscina desde que iba al instituto. Parece que es obligatorio el uso de gorro de baño. Me había llevado el bonete del spa de Ouigor, que todavía guardo. Antes de entrar en las duchas un tipo me dice: caballero, no puede entrar en la piscina así.

–¿Por qué?

–Lleva bañador de tela.

–Pues claro.

–Tiene que ser de licra.

–Me he bañado en todas partes con este bañador y nunca nadie me ha dicho nada.

–Aquí tiene que ser de licra.

–¿Y qué quiere que haga?

Me dice que vaya a ver al tipo de los vestuarios. Le explico mi problema al tipo de los vestuarios. Me parece un poco anormal, como esa gente que a veces se ve regulando el tráfico delante de los colegios. Voy a ver qué tengo, dice. Me trae un bañador negro y marrón. Una 56, talla Depardieu. Me va a ir grande, digo. Tengo otro más pequeño. Me enseña uno verde. De alquiler, a dos euros.

Este servirá, digo mientras me veo como hace treinta años.

Mando a Luc a bañarse. En los vestuarios me quedo en pelotas, empiezo a ponerme el bañador y me digo: mierda, puede que este bañador no lo hayan lavado nunca. Decido esconderme el pito. Tiro de la piel para reducir la exposición del glande y enrollo el conjunto en forma de caracol. En resumen: lo convierto en un clítoris. Luego me subo el slip, que es una especie de faja, y me lo ajusto calzándome bien las partes entre las piernas. De pronto, por encima del bañador asoma un flotador blanquecino y blando. Soy yo. Mi tripa se desborda. Voy a dejar el pan. Y quizá también el vino. Paso por la ducha, desde donde veo de refilón a Luc chapoteando con sus manguitos en el pediluvio. Pero ¡¿qué demonios hace en esa pileta llena de hongos y miasmas?! El pediluvio mide dos metros y medio de largo, lo cruzo como una zancuda para evitar meter los pies dentro. Saco al crío, que quiere quedarse. Para él es una piscina pequeña, para mí es el Ganges.

En el agua, trato de enseñarle a nadar. Tiene nueve años, a su edad los niños saben nadar. Le enseño oración, submarino, avión, pero le importa un rábano, lo que quiere es jugar. Va arriba y abajo, se tira, salta, se medio ahoga. Lo saco del agua, parece una rata, con ese diente torcido. Se ríe. Tiene todo el rato la boca abierta. Le hago señas para que la cierre cuando está lejos de mí. Me imita para complacerme, entrecierra los ojos, aprieta bien los labios y prosigue con la boca abierta como un buzón.

En la calle le he explicado cómo se debe cruzar. He descompuesto el movimiento: ANTES de cruzar, miras a la izquierda, luego miras a la derecha y vuelves a mirar otra vez a la izquierda. Lo hace todo bien, imitando mis gestos con una lentitud inaudita. No cree que esos movimientos tengan una función, simplemente cree que contonearse y retorcer el cuello son la clave para cruzar. No entiende que es para ver los coches. Lo hace para ser amable conmigo. Igual que con la lectura. Lee bien, pero a menudo sin entender nada. Le digo: tienes que respetar los puntos, cuando veas un punto, para y respira. Hace un intento en voz alta. *El mayor se quedó con el molino, el segundo con el burro y al más pequeño solo le tocó el gato.* ¡Punto!, digo. Se para. Toma aire, respira hondo y espira largamente por la boca. Cuando continúa: *Este último se lamentaba de su mísera herencia,* ya nadie sabe de qué está hablando.

A veces lo llevaba por la mañana al colegio, él entraba en el patio y se ponía a jugar solo. Hacía el tren. Daba saltitos mientras simulaba el ruido, *chu chu chu,* sin relacionarse con los amigos. Yo me quedaba un rato apartado, mirando por la verja. Nadie le decía nada.

Me cae bien este crío. Es más interesante que otros. Nunca he sabido a ciencia cierta quién era yo para él. Durante un tiempo me vio en la cama de su madre. Si guardo un vínculo con Marion es para no perderlo a él. Pero eso no creo que él lo sepa. Y quizá tampoco sea totalmente cierto. Me tutea y me llama Jean, que es mi nombre. Pronunciado por él parece aún más corto.

¿Si su madre se preocupa por él? Marion cree que comprando toda clase de productos, pasamontañas, pañuelos, mercromina, antimosquitos, antigarrapatas, antitodo, lo está protegiendo de la vida. Rasgo que comparte con mi madre, dicho sea de paso. Cuando nos mandaban a Serge y a mí a Corvol, a los campamentos de verano judíos, mi madre nos obligaba a ir con una mochila de ciento diez kilos. Una enfermería entera. Fue el año de las víboras. Siempre era el año de las víboras.

Desde hace algunas semanas Marion está enamorada de otro hombre. Me alegro por ella. Un tipo sin blanca en trámites de divorcio. Ella paga todo, los restaurantes, el cine, le hace regalos. Se admira de la naturalidad con la que él acepta esta situación. No se anda con remilgos, dice. Es muy libre. Muy masculino, en el fondo. Por supuesto, digo. Marion me agota. Es la clase de chica con la que, en cuestión de un segundo, todo puede convertirse en un drama por nada, por una nimiedad. Una noche, después de una agradable cena en un restaurante, la acompañé a su casa en coche. Aún no había llegado al final de la calle cuando me sonó el móvil.

–¡Me han atacado en el vestíbulo!

–¿Que te han atacado? ¿Cuándo?

–Ahora mismo.

–¡Si acabo de dejarte!

–Has arrancado en cuanto he cerrado la puerta del coche.

–¡¿Y te han atacado?!

–Ni siquiera has esperado a que entrara en el portal, te has ido pitando como si tuvieras prisa por dejarme.

–¡Qué va!

–¡Sí!

–Perdona, no me he fijado. Marion, ¿te han atacado o no?

–Eso es justamente lo que te echo en cara. Que no te fijas. Que te da igual.

–Para nada.

–Aún no he abierto siquiera la puerta de la calle y tú arrancas sin mirar. Me doy la vuelta para decirte adiós con la mano ¡y lo único que veo es tu nuca a diez metros!

–Lo siento. No te vas a poner a llorar...

–Sí.

–¿Ahora dónde estás?

–En el vestíbulo.

–¿El agresor se ha ido?

–¡Muy gracioso!

–Marion...

–¿No te das cuenta de lo humillante que es? Una se da la vuelta sonriente para decir adiós con un gesto cariñoso ¡y el tipo se ha largado sin mirarte, sin comprobar, y es lo mínimo en plena noche, que has llegado a tu casa sin contratiempos!

–Tienes razón. Va, ahora sube a tu casa...

–¡Aunque solo fuera por educación!

–Desde luego.

–¡Dejamos el paquete y nos largamos!

–Tendría que haber esperado, es verdad.

–Y haberme dicho adiós con un gesto amable de la mano.

–Sí, haberte dicho adiós con un gesto amable de la mano, sí.

–Vuelve y hazlo.

–¡Estoy en la place du Général-Houvier!

–Que vuelvas, no puedo subir y acostarme así.

–Marion, no seas infantil.

–Me da igual.

–Marion, acabo de perder a mi madre...

–¡Ya está! ¡Bravo, lo estaba esperando! ¿Y eso qué tiene que ver?

Las últimas palabras de nuestra madre fueron LCI. Esas fueron las últimas palabras de su vida. Cuando cambiamos de sitio la odiosa cama medicalizada y la pusimos justo delante del televisor, mi hermano dijo: ¿quieres ver la tele, mamá? Mi madre contestó: LCI. Nos acababan de

13

entregar la cama y la habían acostado. Murió esa misma noche sin decir nada más.

Ella no quería ni oír hablar de esa cama. Le daba un miedo aterrador. Todo el mundo le cantaba sus virtudes, supuestamente por su comodidad, en realidad porque todos los que se inclinaban sobre la cama habitual, demasiado baja, la gran cama de matrimonio en la que había muerto nuestro padre, acababan con dolor de espalda. Ella ya no se levantaba. Todas las funciones del cuerpo alterado por el cáncer se efectuaban en la cama. Alguien debió de convencernos de que la cama medicalizada era indispensable. La pedimos sin su consentimiento. La trajeron a primera hora de la mañana dos hombres que tardaron una barbaridad en instalarla. La habitación estaba invadida por un arsenal de aparatos médico-electrónicos, ni Serge ni yo sabíamos dónde meternos, completamente superados como estábamos. Cuando la trasvasaron, se dejó llevar sin oponer resistencia. Hicieron algunas pruebas con el mando. Ella estaba allí como aturdida, en las alturas, los brazos colgando, sufriendo las inclinaciones absurdas. Pusieron la cabeza de la cama contra una pared lateral en la que colgaba Vladímir Putin en forma de calendario acariciando a un guepardo. Ya no veía la ventana, su minúscula y adorada parcela de jardín, y miraba al frente con aire agotado. Parecía desubicada en su propia habitación. El calendario era un regalo de una auxiliar de enfermería rusa. Mi madre tenía debilidad por Putin, le parecía que en sus ojos había tristeza. Cuando los dos hombres se marcharon, decidimos colocarla de nuevo en la posición de siempre, es decir, de cara a la ventana y delante de la tele. Había que apartar la cama grande. Primero el colchón, un colchón de los viejos tiempos que resultó ser de una pesadez descabellada, blando y como relleno de arena. Serge y yo lo arrastramos como pudimos hasta el pasillo no sin caernos varias veces. Dejamos el somier apoyado en una pared de la habitación, de pie. Hicimos rodar la cama medicalizada y a mamá para dejarlos de cara a la ventana y al televisor. ¿Quieres ver la tele?, dijo Serge. Nos sentamos a uno y otro lado de la cama en las sillas plegables de cocina. Habían pasado cuatro días desde el atentado del mercado navideño en Vivange-sur-Sarre, LCI retransmitía la ceremonia de homenaje a las víctimas. La corresponsal no hacía más que repetir todo el rato la palabra *recogimiento,* esa palabra huera y sin sustancia. Después de varios planos de dulces y de cajas pintadas, la misma chica había dicho: *La vida se impone de nuevo aunque está claro que ya nada volverá a ser como antes.* Menuda gilipollas, dijo Serge, todo volverá a ser como antes. En veinticuatro horas. Nuestra madre ya no dijo nada más. Nunca. Nana y su marido, Ramos, llegaron por la tarde. Mi hermana, la cabeza apoyada en el hombro de su marido, se exclamó: ¡oh, qué cama tan horrible! Nuestra madre murió esa misma noche, sin haber podido disfrutar de las ventajas del nuevo equipo. Mientras las cosas conservaron su aspecto de siempre, había soportado muchas de las vicisitudes de la enfermedad. Pero la cama medicalizada le cerró el pico. La cama medicalizada, ese monstruo en medio de su habitación, la propulsó a la muerte.

Desde que murió, todo se ha venido abajo.

Ese tinglado hecho a la buena de Dios que es nuestra familia eras tú quien lo mantenía en pie, abu, dijo mi sobrina Margot en el cementerio.

Nuestra madre había mantenido la costumbre de las comidas el domingo. Incluso después de mudarse a su piso en una planta baja en las afueras. En los tiempos de nuestro padre y de París, eran las comidas del sábado, lo cual no alteraba demasiado la atmósfera de pánico e hipertensión. Nana y Ramos llegaban cargados de vituallas extraordinarias, es decir, de pollo de Levallois, el mejor pollo del mundo (el carnicero va a buscarlo personalmente al corral), o de pierna de cordero de Levallois, igualmente incomparable. El resto, patatas fritas, guisantes y helado venía directo, bien congeladito, de Picard. Mi hermano y mi hermana acudían con sus respectivas familias, yo siempre solo. Joséphine, la hija de Serge, venía una de cada dos veces, siempre desquiciada no bien franqueaba la puerta. Victor, el hijo de Nana y Ramos, estudiaba cocina en la escuela Émile Poillot, el Harvard de la gastronomía, según Ramos (él lo pronuncia Harward). Teníamos a la mesa a un futuro gran chef. Le hacíamos cortar la pierna de cordero y aplaudíamos su maestría, mi madre se disculpaba por la mala calidad de los utensilios y la verdura congelada (siempre había aborrecido la cocina, la llegada de los congelados le cambió la vida).

Nos sentábamos a la mesa a toda prisa, con la sensación de estar en un espacio alquilado, de disponer de una veintena de minutos antes de tener que ceder el sitio a un matrimonio japonés. Era imposible desarrollar un tema de conversación, ninguna historia llegaba hasta el final. Reinaba un ambiente sonoro extravagante en el que mi cuñado se encargaba de las bajas frecuencias. Ramos Ochoa es un hombre que convierte el hecho de no estar bajo presión en una cuestión de honor y que te lo hace notar. Con una voz sepulcral y excesivamente ponderada, lo oíamos decir a contratiempo: puedes pasarme el vino, por favor, muchas gracias, Valentina. Valentina es la última pareja de Serge. Ramos nació en Francia pero su familia es espa-

16

ñola. Son todos de Podemos. Él y mi hermana, no sin orgullo, se las dan de vivir como mendigos. En una de esas comidas, cuando llegó el turno del roscón de Reyes, mi madre dijo: ¿nadie me pregunta cómo me fue la revisión rutinaria? (Había tenido un cáncer de mama nueve años antes.) Antes había presumido de haber conseguido dos coronas, ya que en las pastelerías no dan más que una. Hubo que meter el roscón en el horno antes de empezar a comer. Quedaba descartado que Valentina, nuestra perla italiana, tuviera que morder un roscón frío. Nana lo había dejado medio carbonizado en la mesa, pero gracias a Dios la figurita seguía siendo invisible. Todos los años nos peleábamos, mi madre hacía trampas para que le cayera la figurita a un niño y los niños se peleaban entre ellos. Un año en que no le tocó la figura, Margot, la hermana pequeña de Victor, tiró el plato con su trozo de roscón por la ventana. Ahora ya solo había adolescentes y viejos, salvo el hijo de Valentina, de diez años. Se había deslizado debajo del mantel, Nana cortaba los trozos y Marzio repartía los platos.

–¿Cómo te ha ido la revisión rutinaria?

–Bueno, pues tengo una mancha en el hígado.

Unos meses más tarde, sentado al borde de la cama de matrimonio en la habitación oscura, Serge había dicho: ¿dónde quieres que te entierren, mamá?

–En cualquier parte. Me trae sin cuidado.

–¿Quieres estar con papá?

–Eso sí que no. ¡Con los judíos no!

–¿Dónde querrías estar?

–En Bagneux, no.

–¿Quieres que te incineren?

17

–Sí, que me incineren. No se hable más.

La incineramos y la metimos en el panteón de los Popper, en Bagneux. ¿Dónde si no? No le gustaban ni el mar ni el campo. Ningún lugar en el que su polvo se hubiera confundido con la tierra.

En el tanatorio del Père-Lachaise seríamos unos diez, no más. Los tres hijos y los nietos. Zita Feifer, su amiga de la infancia, y la señora Antoninos, la peluquera, que hasta los últimos días había ido a teñir cuatro mechones y a cazar con una pinza los pelos gruesos que le salían en la barbilla. También estaba Carole, la primera mujer de Serge y madre de Joséphine. Zita salía de dos roturas del cuello del fémur. Un empleado de las pompas fúnebres la había llevado hasta el ascensor, desde donde la vimos desaparecer con sus muletas, aturdida, hacia el piso de los muertos.

En el sótano, la acompañaron hasta una habitación vacía en el centro de la cual, sobre dos caballetes, aguardaba el ataúd de su amiga. Apenas se hubo sentado, empezó a sonar a todo volumen y sin razón aparente la *Danza húngara n.º 5* de Brahms. Al cabo de diez minutos de soledad y de música zíngara, Zita se arrastró como pudo hasta la puerta y pidió auxilio.

Durante ese tiempo, yo me había reunido fuera con Serge, que fumaba delante del Audi con el que había llegado.

–¿De quién es?

–Mío.

–Estás de broma.

–Es de un amigo de Chicheportiche que tiene un concesionario. Te parece un vehículo de serie pero es un coche de carreras. Menos caro que un Porsche pero con las mismas prestaciones...

–¿Ah, sí?

–Chicheportiche le lleva clientes y él le presta un buga de vez en cuando. Es un V8, la motorización de los Mustang y los Ferrari. En realidad es como si tuvieras lo mejor de un 911 y de un Panamera. Vamos a comprarle el garaje para hacer un edificio de oficinas.

–Creía que no ibas a hacer más negocios con Chicheportiche.

–Ya, pero es colega del alcalde de Montrouge.

–¿En serio?

–Mira qué he encontrado.

Sacó del bolsillo una hoja doblada en cuatro y me la tendió. Una carta escrita con un trazo fino de pluma azul, buena letra, una caligrafía más que familiar. *«Mi pichoncito, espero que hayáis llegado bien y que no estéis pasando demasiado calor. En el fondo de la maleta encontrarás una sorpresita para ti y para Jean. Confío en que no os comeréis, y te lo digo sobre todo a ti, todo el paquete el primer día. Encontrarás también un libro de Los Cinco y los Cuentos de la selva y la sabana. Parece ser que* Los Cinco *lo pasan estupendo está muy bien. Me lo dijo el librero. No olvidéis poneros Pipiol si tenéis picaduras antes de acostaros y recuérdale a tu hermano que guarde bien las gafas en la funda cuando se las quite. Ya sabes que es un cabeza de chorlito. Pásalo bien, pichoncito mío. Tu madre, que te quiere.»*

El Pipiol aún existe, dije. Ahora lo hacen en espray.

–No me digas.

Se guardó la carta en el bolsillo y se puso a pasar fotos en el móvil. Se paró en una foto de mamá adoptando la pose de reina con su corona de cartón, no hacía ni un año.

–*The last roscón...*

–Venga, vamos. Nos esperan.

En la sala minúscula y estrecha del sótano del tanatorio, Margot, con esa gravedad inapelable de la juventud, leyó un texto de su cosecha. «Abu, tú que nunca en la vida hiciste deporte conseguiste una bicicleta estática porque el oncólogo te prescribió un poco de ejercicio. Aceptabas hacer algunas pedaladas en camisón y con tu chaqueta forrada de muletón a condición de que el grado de resistencia estuviera en el primer nivel (había ocho). Adoptabas la postura de ciclista como habías visto en la tele que hacían los del Tour, la espalda encorvada hacia el manillar, mientras con los pies buscabas los pedales en el vacío. Una vez, un día que pedaleabas con absoluta desidia mirando fijamente a tu querido Vladímir Putin, subí la resistencia al segundo nivel. ¡Bravo, abu! ¡Estoy muy contenta! Eres la única..., dijiste. Nunca quisiste tener músculos ni esas cosas, ni entendías por qué había que tenerlos en fase terminal. No sé si donde estás ahora —¿dónde estás?— te parecerá oportuno que hable de la bici estática. Cuento esto para resultar un poco divertida, pero sobre todo para recordar lo valiente y dócil que eras. Y fatalista. Aceptabas tu destino. Tus hijos se pasaban el día regañándote, incluso cuando estabas enferma, echándote en cara tus manías, tu desazón, tus gustos, tus despistes, los regalos que nos hacías, los caramelos, tú te dejabas reconvenir mientras ponías cara de pena, pero eras tú quien mantenía en pie esa barraca, abu. Ese tinglado hecho a la buena de Dios que es nuestra familia eras tú quien lo mantenía en pie. En tu jardincito de Asnières plantaste un pino negral. Un pie de quince centímetros porque era más barato. Mamá se cree inmortal, dijo el tío Jean, cree que cuando tenga trescientos sesenta y dos años se paseará alrededor del árbol con la bisnieta de Margot. No sé qué van a hacer tus hijos con tu piso, abu, pero yo iré a replantar tu pino a un lugar donde siempre puedas pasearte con nosotros, aunque nadie se dé cuenta.»

¿Quién tuvo la idea de esa danza húngara? Cuando Margot apenas había vuelto a sentarse al lado de su madre, que lloraba y la agarraba del brazo con fuerza, un violín desenfrenado vino a fustigar nuestro pequeño grupo. ¿Quién había escogido esa pieza? A nuestra madre le gustaba Brahms, pero el Brahms romántico de los *lieder*. Detrás de mí, Zita Feifer exclamó: ¡otra vez esto! Luego el ataúd bordeó el estrado sobre su mesa con ruedas y Marta Popper salió por una puertecita a la izquierda para no ser ya nada.

Al salir del Père-Lachaise metimos a Zita en un taxi y nos instalamos en la terraza de un café de las inmediaciones. Joséphine se fue directa al baño. Hacía un día bonito, como ocurre a veces en diciembre. Al regresar se quedó plantada, de pie, de morros porque ya no quedaba ninguna silla al sol. Joséphine es maquilladora y se maquilla en exceso. Cuando se pone de morros, su boca se convierte en un pimentón amargo.

Nana quiso levantarse para cederle su sitio, pero Carole se lo impidió.

–No me importa –dijo Nana.

–¡Tú no tienes por qué ponerte a la sombra!

La peluquera dijo: póngase aquí, Joséphine, a mí no me gusta el sol.

–¡No se levante, señora Antoninos! –ordenó Carole.

–¡Pero si no os he pedido nada! ¿No sabéis hacer nada más, en esta familia, aparte de preocuparos por mí?

–Nos estresas, Joséphine.

–Me estoy helando. ¿Por qué nos hemos puesto fuera?

21

No entiendo por qué la abuela se ha hecho incinerar. Me parece de locos que una judía se haga incinerar.

–Es lo que ella quería.

–La idea de que te quemen, con lo que vivió su familia, es de locos.

–Deja de dar el coñazo –dijo Victor.

Joséphine se quedó de pie, ensortijando los mechones de su melena rizada.

–Este año he decidido que iré a Osvitz.

–Me temo que han cerrado.

–¡AUSCHWITZ! –exclamó Serge–. ¡¡Osvitz!! ¡Como los gentiles...! ¡Aprende a pronunciarlo de una vez! ¡Auschwitz! ¡Auschhhhhwitz! ¡Shhhh...!

–¡Papá...!

–Te está oyendo todo el mundo –murmuró Nana.

–¡No puedo permitir que mi hija diga Osvitz! ¿Dónde lo ha aprendido?

–A mí no me mires –dijo Carole.

–¡Ya está escudándose!

–Jo, sé más inteligente que él –terció Nana mientras Joséphine se abría camino hacia la acera.

–¡El fracaso de una educación...! ¿Adónde va? Joséphine, ¡¿adónde vas...?! Acabo de pagarle un curso de cejas que me ha costado un riñón y ya veis dónde estamos, ahora resulta que la niña quiere ir a Auschwitz. ¿Qué le pasa a esta cría?

Cuando Joséphine desapareció detrás de un edificio de la place Magenta, Carole se levantó para correr tras ella.

–¿No puedes dejarla en paz por una vez en tu vida?

–¡Pero si es ella! Se pasa el día refunfuñando y quejándose.

Ramos dijo con su voz cavernosa: contamina mogollón, ¿no?

—¿De qué hablas?

—Del Audi.

—Mogollón, sí.

Esta mañana, cruzando la rue Pierre-Lerasé, diviso un pequeño vehículo verde del servicio de limpieza de París, más en concreto, la furgoneta estrecha encargada de barrer y regar las aceras. Al volante, ¡mi cuñado! Me acerco. En ese movimiento breve e interrogativo, una idea me ilumina el cerebro: mi cuñado Ramos Ochoa, no contento con recibir bajo sigilo el subsidio de desempleo generado por la astuta gestión de contratos temporales, sin contar las numerosas reparaciones informáticas en negro, se había buscado como complemento un trabajillo dominical discreto, alegre y que solo requería un permiso de conducir. En el insondable tiempo libre que tuvo siempre cualquiera que fuese su actividad, se había colado —genio y figura— en un sector inédito y secreto para redondear su futura pensión. Ramos conducía su vehículo con una escrupulosidad blanda, y su fatuidad en la cabina de la furgoneta recordaba su habitual postura de alguien que sobresale en los asuntos domésticos. De cerca, por supuesto, no era Ramos Ochoa. Pero la imagen me ha parecido tan convincente que completa desde ahora la percepción que tengo de este hombre.

A pesar de que Ramos Ochoa no es más que un personaje secundario de este relato, disfruto hablando de él. Y quién sabe si, a semejanza de tantos otros personajes secundarios, no se convertirá en una figura destacada, habida cuenta de mi tendencia, lo confieso, a buscarle las cosquillas.

Al principio parecía un hombre amable y de mérito. Técnico de redes informáticas, trabajador de Unilever (an-

23

tes de que lo echaran), hijo de una empleada del hogar y de un obrero de la construcción; ¿qué podíamos decir? Nuestro padre, al que todos los discursos progresistas le traían sin cuidado, estaba abiertamente en contra de esa unión. Que Anne Popper, su tesoro, se casara con un íbero venido de quién sabe qué aldea de Cantabria lo reconcomía. Consideraba que su hija era como una *señorita de lujo* –dicho por él, en las palabras se mezclaban crítica y orgullo– y no veía de ninguna manera cómo el tal Ramos Ochoa, que en otro tiempo habría masticado una cebolla descalzo bajo un sol abrasador, podía estar a la altura. Evidentemente, nosotros le llevábamos la contraria. Lo que estaba de moda era la felicidad, y no los viejos valores patriarcales. Por entonces la felicidad no solo parecía algo alcanzable, sino el alfa y la omega de toda filosofía. Es posible que mi padre muriera de eso. Un año después de que Ramos Ochoa apareciera en la entrada de la rue Pagnol agarrando tímidamente la mano de Nana, a mi padre se lo llevó un cáncer de colon.

Hoy a veces me da por pensar que fuimos Serge y yo, con nuestros suplicios y torturas sutiles, los que arrojamos a Nana en los brazos tibios de alguien como Ramos Ochoa. Las cosas de la infancia se quedan grabadas Dios sabe dónde. Cuando me entero de una catástrofe por la radio y oigo que las víctimas tenían sesenta y pico años, me digo: bueno, es una pena, pero esta gente ha vivido su vida. Y luego pienso: si es tu edad, tío, es poco más o menos tu edad, la de Serge y la de Nana. ¿No te das cuenta? En casa de mi madre, sobre la mesilla de noche, había una foto de nosotros tres riendo enredados unos sobre otros en una carretilla. Es como si nos hubieran empujado dentro a una velocidad de vértigo y nos hubieran arrojado al tiempo.

Ignoro qué hizo que los hermanos conserváramos esa connivencia primitiva, ni nos parecíamos ni estábamos tan unidos. Los hermanos se deshilachan, se dispersan, al final solo los une un lazo sentimental o conformista. No se me escapa que Serge y Nana forman parte desde hace tiempo de la humanidad madura, igual que se supone que también yo soy uno de sus miembros, pero se trata de una percepción superficial. En el fondo de mi ser, yo sigo siendo el chico de en medio, Nana sigue siendo La Niña de la casa, la preferida niña cursi, pero también el segundo de a bordo en nuestros juegos de guerra, el esclavo, el prisionero japonés, el traidor al que apuñalamos –en nuestra habitación nunca fue una niña, sino caporal o mártir–; mi hermano sigue siendo El Mayor, el cabecilla de hombres con el barboquejo del casco colgando y la sonrisa que conjura la muerte, él es el temerario, el Dana Andrews, yo soy el que lo sigue detrás, el que no tiene personalidad, el que dice rojo cuando El Mayor dice rojo. En casa no teníamos tele, pero sí tenía el primo Maurice. Lo llamábamos el primo Maurice, pero en realidad era un primo lejano de mi padre por una rama rusa. El único miembro de la familia, aparte de nuestros padres, al que habremos conocido de verdad. Serge y yo íbamos a su casa los domingos, en la rue Raffet, a atiborrarnos de películas americanas. Nos tumbábamos delante de la pantalla con una Coca-Cola y una pajita y veíamos *Invasión en Birmania* o *Los destructores de diques,* que a mí me encantaba, o bien unos westerns. Durante mucho tiempo, para mí, los indios eran unos tipos que solo pensaban en sembrar el mal y en arrancar la cabellera a las mujeres. Tuve que esperar a que llegaran Alan Ladd y Richard Widmark para tener aprecio a los pieles rojas. Más adelante, Maurice nos llevó a los Campos Elíseos. Llevaba un abrigo de piel de camello, un sombrero de astracán y tenía un ancho de espalda impresionante. Nuestro mejor recuerdo es *Los vikingos* de Richard Fleischer en el Normandie, una película terrorífica con Kirk Douglas (¡un judío ruso!, gritaba Maurice señalándolo con el dedo cada vez que salía Kirk) y un joven Tony Curtis. Hoy no sería apta para menores de doce años. En aquel entonces aún no estábamos saturados de imágenes, salíamos del cine como alguien que ha explorado una región nueva e inmensa. La textura de nuestra hermandad es eso. Es la jungla con los telones, los desembarcos, los lanzamientos en paracaídas, los sacrificios y Nana amordazada, es el infierno birmano: es, antes de que la tentación erótica viniera a enturbiar la pureza, todas nuestras horas de gloria y sufrimiento. He aquí lo que es el ovillo en la carretilla.

Luc hace preguntas sobre Dios. No dice Dios, dice el Dios. El Dios, ¿por qué no quiere que digamos mentiras? (Intenté responder y me hice un lío.) Miramos mapas juntos. Es un fanático de los mapas geográficos. Mapas en relieve, mapas de carretera, incluso mapas del Estado Mayor. Le gustan los ríos, yo le explico los caminos que sigue el agua. Le explico que el Souloise desemboca en el Drac, que a su vez desemboca en el Isère.
—Y el Isère, ¿dónde desemboca?
—En el Ródano.
—¿Y el Ródano?
—En el mar.
No sé cómo visualiza todas esas aguas desembocando. Sabe que me dedico a estudiar los cables que transportan la electricidad. Quiere saber dónde encuentro la electricidad. Le hago unos croquis con el fuego, el viento, el agua. Le enseño cómo se transforman las energías primarias en

energías secundarias, le dibujo las turbinas, el rotor, el estator, y cómo todo eso genera un campo magnético que produce corriente eléctrica. Durante horas repite rotor/estator/ rotor/estator/rotor/estator mientras contonea la cabeza y hace el molinete con los brazos. Un día topamos con una placa delante de una boca de alcantarilla. *Aquí empieza el mar.* Sí, dije, es para que la gente no tire las colillas y demás porquerías.

–Pero ¿de verdad aquí empieza el mar?

–Claro.

Le compro juguetes de construcción Brio y Kapla. Construye ciudades con intercambiadores, puentes, depósitos de almacenamiento, bosques, faros. Pone unos postes con hilos entrelazados que desaparecen bajo tierra porque le he descrito la electricidad en la ciudad en forma de tela de araña. Mientras coloca las cosas va inventando ruidos, pequeñas músicas. En mi casa tiene un rincón para él y nunca destruyo lo que ha hecho. De vez en cuando, cuando no está, examino la maqueta y me digo: mira, aquí estaría bien poner una barrera. Cojo una o dos piezas de Kapla que están por ahí y hago una barrera. Cuando vuelve a casa, a veces un mes después, frunce el ceño y enseguida va a quitar lo que yo he puesto. Se me ha metido en la cabeza que se lo tengo que presentar a Marzio, el hijo de Valentina. Tal vez no sea el mejor momento, porque Valentina acaba de echar de su casa a Serge y no le dirige la palabra. Me da miedo, tal como están las cosas, meter la pata. A Luc le gustan todos los juegos en los que estamos el uno delante del otro. El ajedrez, sin ir más lejos. Pero las reglas del juego no le interesan. Le agrada sacar el tablero, sentarse delante de mí bien arrellanado y ordenar las piezas. Le he explicado cómo se mueven las piezas y le gusta jugar a jugar. No podría hacer eso con alguien de su edad como Marzio.

Marzio es competitivo. Quiere ser mayor y medirse con los demás. Creo que a Luc le ayudaría ser amigo de un niño así. Lo he visto pasarlo mal en los parques. Iba hacia los niños pero los otros no lo miraban, como si fuera invisible. Es demasiado tímido. En primero tuvo una maestra a la que abrazaba. Sin ningún motivo. La mujer se lo contó a Marion y se echó a llorar desbordada por la emoción. Tiene algunos problemas de ortofonía y está en las nubes, dijo. Nunca calificó sus dificultades o su retraso con otras palabras que no fueran *está en las nubes*.

Antes, cuando no sabías qué hacía alguien, decías que se dedicaba a la *importación/exportación*, hoy dices que se dedica a la *consultoría*. Si alguien le pregunta a Serge a qué se dedica, dirá que es consultor. Serge ha sido siempre el rey de las empresas turbias. Cuando yo estudiaba en la Escuela Superior de Electricidad, él tenía el proyecto de convertirse en el líder de la crema de cacao para untar con un antiguo trabajador de Ferrero al que había convencido para que creara su propia empresa. El pobre hombre se dejó en ella todo el dinero de la indemnización por despido. Al mismo tiempo se dedicaba a unir cafés con fabricantes de cerveza. Se llevaba una comisión sobre los *contratos de distribución exclusiva*. Fue su primer trabajillo un poco lucrativo dentro más o menos de la legalidad. Cuando éramos pequeños compartíamos habitación. A los catorce años ya era un hombre, o bueno, se creía un hombre. La voz se le había estabilizado en los graves, tenía barba y un manifiesto potencial sexual. Sumémosle un hermano dos años menor, yo, que se tragaba casi todas sus fanfarronadas. Serge se jactaba de ser un donjuán. En realidad, era bajito, patoso y sufría de acné. Durante mucho tiempo no le gustó a nadie. Las chicas se reían a sus espaldas. Lo vi con mis propios ojos en los pasillos del instituto. Después de las guerras y las aspiraciones heroicas, Serge creyó que tenía futuro en el mundo de la música. Se puso a tocar la guitarra y a cantar en un idioma que nadie lograba comprender. Adoptó toda clase de *looks*. En aquel entonces no decíamos *look*, no recuerdo qué decíamos. Ninguno le sentaba bien. Me acuerdo sobre todo del *look* Bowie, un *look* absurdo habida cuenta de la distancia morfológica. ¡Te has maquillado!, exclamaba consternado mi padre.

–Todas las estrellas del rock se maquillan.

–¡Jean Ferrat no!

El pelo era un problema. Rizado y poco tupido, respondía mal a los dictados de la época. Tras varias tentativas hendrixianas, Serge se dejó melena. El pelo le formaba dos aletas en lo alto de la cabeza que se prolongaban en forma de tipi espumoso sobre los hombros. De vez en cuando se ponía rulos para ondulárselos. Se echaba laca no sin ironía, siempre con un pequeño deje fanfarrón, pero yo sabía que era falta de seguridad. A veces sucedía que una chica, no la más guapa, venía a casa a escuchar discos. Serge se creía un especialista en rock inglés, el suelo de nuestra habitación estaba cubierto de carátulas de los Clash, los Who, Dr. Feelgood y grupos por el estilo... Serge hacía de captador de clientes para un comerciante de discos del otro lado del boulevard, y a cambio el tipo le regalaba novedades. En ocasiones iba también a la tienda con su amigo Jacky Alcan, que llevaba puesta la chaqueta de cazador de su padre. La chaqueta tenía un gran bolsillo dorsal, abierto por los lados, en el que Serge iba metiendo con discreción discos de 33 revoluciones. Me llevaban con ellos para que estuviera al acecho. Un día nuestro padre entró en la habitación. Se sentó en una cama, inclinado en silencio y con las manos juntas entre las piernas. Al cabo de un rato dijo: ¿de dónde sale esto? Todo este género, ¿de dónde sale?

–Tengo un acuerdo con el de la tienda de discos. Le llevo la mitad del instituto.

–¿Dónde está esa tienda?

–En la rue Bredaine. A dos paradas.

–Sí que es generoso. A este paso vas a poder abrir tu propia tienda.

–Jajaja.

–Jean, ¿por qué no te ríes?

–Sí me río –dije.

Cogió la carátula de *Deep Purple in Rock* que estaba por el suelo y observó con la mirada perdida a los miembros del grupo esculpidos en el monte Rushmore con su cabellera a lo Luis XIV.

–El olor a tabaco que hay en el baño, imagino que nadie sabe de quién es, ¿no?

–Pues no.

El guantazo fue inmediato. Una de esas tortas con la mano bien abierta que tan bien sabía dar, y debo decir que solo a Serge, nunca a Nana ni a mí. Nuestro padre, Edgar Popper, una bolita calva que solía vestir un traje azul petróleo, había fumado durante años Gauloises y Mehari's Ecuador, hasta que una bronconeumonía lo obligó a dejarlo. Ni sus debilidades pasadas ni, sobre todo, sus renuncias le habían inspirado la menor forma de indulgencia. Él era lo que era en el presente, su cerebro olvidadizo lo autorizaba a renovar infinitamente sus principios y disposiciones psíquicas. Serge estaba acostumbrado a aquellos arrebatos de ira. No rechistaba, pero los ojos se le ponían rojos y yo veía que estaba reprimiendo las lágrimas. También veía cómo la mejilla se le hinchaba y viraba a escarlata. Si trataba de consolarlo de alguna manera, me mandaba a paseo.

—¡A ver si se va a creer que solo fumo, este gilipollas!

Por otra parte, a nuestro padre le costaba mucho recuperarse de sus propios accesos. Cuando pegaba demasiado fuerte o demasiado mal a propósito, no era raro que fuera a tumbarse luego en estado de hipoenfermedad cardíaca. Nuestra madre aparecía entonces para sermonear a Serge, ¿has visto en qué estado has dejado a tu padre? Ve y haz las paces. De vez en cuando, Serge iba. Cada vez menos, con la edad. Era injusto. Nuestra madre lo sabía, pero optaba por la frialdad. Era una madre incomprensible, capaz de deshacerse en mimos y de abrazar la dureza, de sobreproteger hasta asfixiar y de condenar al abandono. Jugaba a las muñecas con Nana, la vestía con prendas encorsetadas que no podían mancharse ni arrugarse, la cubría frenéticamente de besos y trataba de quitársela inmediatamente de encima cuando la niña lloriqueaba. Yo tenía la sensación de que éramos un obstáculo, pero no sé para qué. Papá recibía a Serge tendido y respirando con dificultad. Mamá vigilaba desde el pasillo la buena marcha del alto el fuego. Serge se quedaba de pie en silencio, buscando en el cubrecama acolchado un punto en el que fijar la mirada. Permanecían los dos de esta guisa hasta que nuestro padre levantaba una mano magnánima que Serge agarraba con indolencia. Y entonces nuestro padre tiraba bruscamente de él y se fundían en un abrazo. No cruzaban ni una palabra. Ambos salían de estas faenas con un resabio de amargura. La alegría no volvía hasta pasado cierto tiempo.

Debo añadir que la idea de mi padre sobre la tienda no era tan descabellada. Con ese mismo Jacky Alcan de la chaqueta de caza, Serge abrió varios años más tarde, en el passage Brady, un puesto de rock en el que vendían libros, fanzines, discos, pósters y baratijas de concierto. El Metal aún existe, más grande y gestionado por otros, en el boulevard Magenta.

Mi padre era representante de Motul. A principios de los años setenta, Motul sacó el Century 300V –*chentoury*–, un lubricante supersónico para coches de competición cien por cien sintético. Cuando hablaba de su empresa y de sí mismo, enseguida salía la palabra *pionero*. Todos los años acudía a Le Mans en calidad de *persona grata*. En 1972 le había estrechado sonriente la mano a Pompidou, ¡ese cabrón antisemita, decía hasta que le dio la mano, que había indultado al infame colaboracionista Touvier y vendido en secreto cien aviones Mirage a Gadafi mientras atenazaba a Israel! La foto enmarcada de ese reencuentro en el circuito ocupaba un lugar prominente en el salón, sobre la repisa de la falsa chimenea. Pompidou y él eran de la misma estatura y guardaban cierta similitud física. La palabra *antisemita* había sido sustituida por *pragmático,* es un hombre pragmático, decía mi padre entre suspiros, no quiere enfadarse con los árabes, que tienen el petróleo, ¡qué se le va a hacer!

Los bofetones caían sin previo aviso. La gracia de la violencia paterna descansaba en la desproporción y en su naturaleza imprevista. Cuando Serge entró en la adolescencia, él mismo pasó a tener ataques de furia tan imprevisibles como las tortas que se llevaba. Tenía los nervios a flor de piel, era de una susceptibilidad total. El menor comentario lo irritaba. Podía cabrearse por cuestiones de orden general, político u otro, aunque hubiera sido imposible seguir el trazado de sus convicciones. Se levantaba de la mesa de un salto y salía en tromba del comedor, siempre a punto de echar la puerta al suelo. En casa teníamos a dos enajenados. Mi padre estaba permanentemente irritado. Cuando le hablábamos de su nerviosismo, mamá y Nana trataban de hacerlo en frío –¡oh, en frío!–, él decía: no estoy nervioso, tengo responsabilidades, aquí nadie sabe qué es eso, nadie tiene ni idea de todo lo que llevo a cuestas, por vuestro bien, damas y caballeros, ¡por el bienestar de mi familia! ¿Y qué recibo? Críticas y más críticas. ¿Que estoy nervioso? Muchas gracias. Sí, estoy nervioso porque vosotros me ponéis nervioso. ¿De dónde viene la alopecia? ¿De dónde viene la psoriasis? Decidme, ¿de dónde creéis que vienen? Sobre su psoriasis, un médico le dijo un día: ah, sí, tiene psoriasis, eso es que hace poco ha tenido usted que hacer frente a la muerte.

Mi padre nunca tuvo el menor interés por mí. Yo era el buen chico sin historia, el que trabajaba correctamente, *hacía todo como su hermano* y no tenía *ninguna personalidad*. Al contrario que Serge, que lo sacaba de quicio con sus opiniones de mocoso, sus pintas, sus artimañas y sus desplantes, y al que a su vez él sacaba de quicio a fuerza de brutalidad y de razonamientos supuestamente edificantes, pero que lo sorprendía y puede incluso que lo impresionara. En casa podíamos disfrutar de una paz relativa cuando Serge no estaba –a los quince o dieciséis, Serge empezó a hacer sus negocios (amaños y trapicheos de los que no entendíamos ni papa) y a pasar cada vez menos tiempo en casa–, pero no estábamos hechos para la tranquilidad. En el aire flotaba un hastío inconcreto, discutíamos por naderías, el tiempo pasaba repetitivo y anodino. Hace poco leí en un libro ruso esta frase: *Después del servicio militar sentí hasta qué punto la vida civil era anodina*. Lo único en condiciones de poner un poco de ambientillo era una conversación sobre Israel, no fallaba. Con Israel caíamos enseguida por la pendiente de la pomposidad y el patetismo.

33

Nuestros padres murieron sin habernos legado más que fragmentos, retazos de biografías acaso inventadas, y no puede decirse que nosotros nos interesáramos por su saga familiar. ¿A quién le apetece preocuparse por la religión y los muertos? No se habla lo suficiente de la ligereza que procura la ausencia de patrimonio. ¡Pero nosotros teníamos Israel! Nuestro padre tenía una palabra para llenar el gran silencio histórico y mostrarse intratable. Nuestro ancestro había luchado con Dios en esta tierra, no éramos una pobre gente que flotara por ahí sin un punto de encuentro. Nosotros teníamos Israel. Con Israel, los Popper tenían algo con lo que alimentar sus chifladuras. Bastaba con pronunciar la palabra para conjurar los ingredientes de un buen berrinche, con independencia de que Serge metiera o no baza. Nuestra madre no sentía simpatía por Israel. Marta Heltaï (su padre se apellidaba Frankel, pero la generación anterior había «magiarizado» el patronímico) venía de una familia que se había hecho rica con la industria de la lana. Sus padres habían mitigado toda pertenencia al judaísmo, eran apóstoles de la asimilación. Ella y su hermano habían cursado la secundaria en una escuela luterana. Los cuatro se habían marchado de Hungría después de la guerra huyendo de los soviéticos, se habían librado misteriosamente de la deportación cuando otros miembros de la familia cercana (entre los que había hermanos y padres) habían desaparecido, al parecer, en los convoyes de la primavera del 44. Una versión que todavía sostiene con medias palabras Zita Feifer y que confirman los archivos. Pero mi madre nunca nos hablaba de ello. El ADN de la no pertenencia al mundo judío se había extendido al mundo de los perseguidos. Tenía ese tropismo tan poco contemporáneo de no ser por nada del mundo una *víctima*. Por eso no le gustaba ese Estado cuya esencia consistía, a su modo de ver, en exponer una cicatriz indeleble ante el resto del mundo. Mi padre no era ni mucho menos de la misma cuerda. Los Popper eran judíos vieneses de clase media que tenían medio pie en los ambientes vanguardistas y otro (otro medio) en la sinagoga. El abuelo, un ingeniero mecánico, había conseguido sacar del país a su mujer y a su hijo después del *Anschluss*. Él mismo, su madre y su hermana murieron en Theresienstadt. Para mi padre, Israel, de bendito nombre, era el lugar de la reparación y el genio judíos. De Israel podía esperarse cualquier cosa, incluso un milagro. La de veces que nos habló de David y Goliat, del pequeño país solo contra doscientos millones de árabes, *corrían tanto que perdían los zapatos,* se reía después de la Guerra de los Seis Días. Las mismas que alabó el Jardín del Edén, el vergel floreciente allí donde no había más que beduinos y mierda de camello. Cuando en casa comíamos naranjas, preguntaba si venían de Jaffa. Quien no veneraba Israel –¡la única, la única democracia de la región!– era antisemita. Y punto. No hagáis caso a vuestra madre, decía, es antisemita.

–Es judía –nos atrevíamos a observar.

–¡Son los peores! Los peores antisemitas son los judíos. A ver si os enteráis.

Y para rematarlo, y mancillar de paso la memoria de la familia materna, añadía: ¡tenéis que saber que no hay nada más vergonzoso que un judío que se avergüenza de serlo!

–¿Para qué necesitamos Israel? –decía mamá–. Fíjate en todos los problemas que ha causado.

–Los judíos necesitan Israel.

–¿Necesitamos ser judíos? Si no somos religiosos.

–No se entera de nada.

–Los niños no se sienten judíos. Niños, ¿vosotros os sentís judíos?

–¿Y quién tiene la culpa? ¡Vamos, hurga en la herida! ¿Quién tiene la culpa de que los niños no se sientan judíos? ¿Yo? Sí, ¡es culpa mía por haberte escuchado! No han recibido ninguna educación, no saben nada, ¡si mis hijos ni siquiera han hecho el *bar mitzvah!* Me arrepiento, no sabes cuánto me arrepiento de no haber mostrado más firmeza.

–Se fueron de vacaciones a unos campamentos judíos.

–¡Comunistas!

–Para transmitir hay que dar ejemplo, Edgar.

–¿Y quién da ejemplo? ¿Quién es el pilar de la casa en una familia judía, Marta? ¡La mujer! ¡Es la mujer la que enciende las velas!

–¡Las velas...!

Cuando llegábamos a las velas, mi madre se iba entre risas. No se entera de nada, esta mujer no se entera de nada, repetía él entre dientes y con los labios fruncidos. Una vez que también a Serge le dio por reír, se llevó un sopapo instantáneo. Es una mujer superficial, decía nuestro padre, siempre está con un pie en el aire. ¿Había encendido velas la madre de mi padre? Quién sabe. Se había casado en segundas nupcias con un comerciante de zapatos de Niza. Nosotros apenas la conocimos.

El comunismo, en cambio, que era su bestia negra común, los unía. Cuando se trataba del comunismo, mi padre estaba de un humor completamente distinto y a mi madre le encantaban sus ocurrencias. Un día que vimos a Andréi Gromiko en las noticias, mi padre dijo: mira cómo se ríe. Es lo que les enseñan en Moscú. ¡Reíd! ¡Reíd! Y ya sabes, Marta, que se trata de una risa muy difícil de conseguir, ¡es una risa marxista! Jajaja.

Con el propósito de acercarnos a su querido Israel, mi padre nos mandó allí un verano, a Serge y a mí, bajo el ala protectora de Maurice, que había cursado sus estudios en Jerusalén hacia finales de los años treinta. La idea del kibutz, que había salido en varias ocasiones, siempre había quedado en nada. Serge tenía diecisiete años, yo catorce. Para Maurice, Israel eran el Sheraton y la playa de Tel Aviv. No le apetecía lo más mínimo cargar con dos mocosos para una estancia pedagógica. Por eso había organizado la semana con un turoperador para mandarnos a recorrer cada día un rincón del país. Al día siguiente de nuestra llegada, nos subimos al amanecer a un autocar rumbo a Jerusalén. Media de edad, cien años. Llegados a los altos de la ciudad, que por entonces –estremecedora aparición– uno veía descubrirse más abajo, antes de que el feísmo de la periferia se impusiera, de que las colinas estuvieran cubiertas por completo de hormigón y de que la ciudad, a semejanza de tantas otras, dejara de acotar sus límites con el paisaje, nos tocó oír, salida de los altavoces crepitantes de delante, la canción «Yerushalayim shel zahav» que una parte del grupo se arrancó a entonar. Una vez fuera, nos adentramos en fila india por las callejuelas guiados por una mujer empapada en sudor que agitaba un banderín amarillo. Esto es la muerte, dijo Serge. En un cruce, me tiró del brazo y nos fuimos en otra dirección. Esa misma noche anunciamos a Maurice nuestra decisión de abandonar el grupo y el viaje organizado. Fue presa de una furia inmediata y se puso a gritar en el hall del hotel: ¡no podéis hacer esto, niñatos de mierda!

–Nos van a devolver el dinero –dijo Serge.

–¡Qué va, imbécil! ¡Los judíos no devuelven el dinero!

Del resto de nuestra estancia iniciática recuerdo un coche rojo y a un tal Dove que nos llevó a Acre, y recuerdo haber tirado mi plato de hummus con sabor a tierra dentro de una pecera con peces rojos cuando el tipo estaba de espaldas. Eso es más o menos todo.

Maurice ha cumplido noventa y nueve años. Y ahí lo tenemos, de un tiempo a esta parte, postrado en la cama, prisionero de la rue Raffet. Es el apartamento más oscuro de la tierra, oscuridad que se ve acentuada por el grosor de las cortinas y la pesantez de las réplicas de muebles y cuadros antiguos. En casa de Maurice nada se ha movido durante años. Hace unos meses, como si no le bastara con el cáncer de vejiga, se partió los huesos al caer rodando por las escaleras de un restaurante ruso. También él está tumbado en una cama medicalizada de la que cuelga, a un lado, la bolsa que tiene conectada a la sonda urinaria. Aunque su cama es más baja y más *cosy* que la de nuestra madre. Digamos que el equipamiento se ha fundido con la habitación. Cuando voy a verlo, unas sombras furtivas que ríen por lo bajini salen del cuarto; son las mujeres de su vida, mujeres oficiales (ha tenido tres, pero la primera, que es americana, volvió a su país), amantes, secretarias o pedicuras que se turnan para distraer a su niño bonito. Las mujeres son valientes. No, dice Maurice, las mujeres tienen alma de enfermeras, les gusta remeter y extender el sudario. Todas le aburren menos la enfermera de la tarde, que se ríe con sus bromas obscenas. Ya no hace nada. Algunos autodefinidos, un poco de *Le Figaro*, un poco de radio, un poco de música, nada de tele. Se muere de asco. Ya no entiende su vida de viejo. Durante los primeros meses de inmovilización, estaba obsesionado con la idea de acabar con todo. Dejaba constancia de su deterioro, de los pañales, de la sonda vesical. Me suplicaba que le suministrara un brebaje letal. Utilizaba el móvil con las letras superampliadas y me dejaba varias veces por semana mensajes que apuntaban en ese sentido. Le di algunas vueltas, hice algunas llamadas que no dieron ningún fruto más allá de la solución belga. Pero para una solución oficial hubiera sido necesario el visto bueno de su hijo, que vive en Boston, y Maurice se negaba en redondo a que se lo mantuviera al corriente. Maurice siempre ha tenido problemas con este hijo suyo. Me acuerdo de cuando era adolescente, un cascarrabias de manual que no se sentía bien consigo mismo y nos miraba por encima del hombro. Cuando se casó en Tel Aviv con una tal Sabra que no estaba nada mal, los dos padres, que estaban de los nervios, se retiraron a una salita trasera para convenir los gastos del convite. Maurice le dijo: estamos aquí para que nos desplumen y su hija se ha casado con mi hijo solo por la pasta. ¿Por qué otra razón se iba a casar con él, contestó el padre, con esa cabeza que tiene? El matrimonio apenas duró unos meses y el divorcio le costó a Maurice una fortuna. Desde entonces el hijo vive en Massachusetts y pretende pese a todo dirigir la existencia de su padre a cinco mil kilómetros de distancia. Estos últimos tiempos encuentro a Maurice más sereno. No hace mucho supe que comía con bastante apetito y que veía al fisio tres veces a la semana. Juntos van hasta el salón, donde dan la vuelta al espantoso sofá rojizo de terciopelo acanalado con el palo del gotero y la bolsa de pipí. Maurice odia este paseo y odia al fisio. Si quieres morir, ¿por qué haces tres sesiones de fisioterapia a la semana?, le digo. Como no estoy seguro de que consigas nada, optimizo las dos opciones, me responde. Ya me lo había hecho unos años antes después de una operación de corazón. Lo habían llevado a una clínica de rehabilitación que detestaba con todas sus fuerzas. Yo no tenía tiempo de ir, pero lo llamaba. «¿Qué clínica de rehabilitación ni qué ocho cuartos? Esto es un cuchitril, un gimnasio. Estás en el antro de los fisios y no ves ni un médico de verdad. No consigo dormir, no consigo cagar, el cuarto de baño es inmundo, me obligan a hacer movimientos de piernas con unas máquinas. No tendría que haberlo aceptado. No tendría que haber aceptado la operación. Tendría que haberme muerto tranquilamente. He tenido una buena vida, ¿qué más puedo esperar?» Lárgate, Maurice, le dije. Ve a ver al jefe del centro y dile que te largas.

–Claro... Pero me da miedo cometer una imprudencia médica.

–Acabas de decir que te quieres morir.

Sí, me quiero morir, respondió. Pero ahora que he pasado por todo esto...

Se le ha despegado la dentadura postiza. Castañeteo permanente. Parece incluso que se distraiga haciéndola subir y bajar. Al cabo de un rato ya no puedo más. ¡Para ya con la dentadura de las narices! Paulette, su segunda mujer, se cuela en la habitación. Me da la razón. Hay que volver a pegar esa dentadura, digo, parece un viejo chocho. Paulette está de acuerdo. ¡Qué quieres, tendría que haberse puesto implantes! Los Blum se pusieron implantes cuando tenían casi ochenta años, dice, le dije a Tamara: has hecho muy bien en ponerte esos implantes de joven.

–Albert no ha aguantado mucho –dice Maurice.

–No, no ha aguantado mucho, el pobre. Tamara querría llevarlo a una residencia, porque ahora qué quieres... El problema es que la única residencia aceptable que ha visto está en Verdon-la-Forêt, a una hora de París, y Tamara, a su edad, ya no conduce...

–¡A quién le importa! Déjanos solos, Paulette.

–¿Te acuerdas de que tu padre se las tuvo con Albert? –me dice Paulette.

–Sí. ¿Por qué fue?

–Porque ambos presumían de haber descubierto al otro a Gustav Mahler. Incluso llegaron a las manos.

–¡Ya conocemos la historia! –dice Maurice.

–Nunca se pusieron de acuerdo. Entre nosotros, seguramente Albert tenía razón. Edgard no tenía ni idea de música. Aparte de la *Sinfonía n.º 5*, ¿qué más podía conocer de Mahler? Tamara estaba totalmente de parte de Albert. Para ella, tu padre no tenía nada de oído y carecía en general, por así decirlo, de cualquier sensibilidad artística. Durante años, en cuanto se veían, Edgar le decía: ¡saca tu bilis, Tamara! ¡Vamos, saca tu bilis! Hay que decir que es un poco biliosa...

–Que no nos importa, Paulette.

–Ya ves todo lo que tengo que aguantar –dice Paulette saliendo de la habitación.

–A ver, cuéntame. ¿Qué hay de nuevo? ¿Te has fijado que cada diez segundos dice *qué quieres?* ¿Por qué no te buscas una buena chica? Eres un hombre guapo.

–Será por buenas chicas.

–¿Aún te ves con Marion? Es buena chica.

–Muy buena chica.

–¿Y el chaval? ¿Cómo está el chaval? ¿Cómo se llamaba?

–Luc. ¿No quieres que te enderece?

–Tú también podrías tener un hijo. Acércame el mando...

–¿Qué mando?

–El mando del ventilador. Me he hecho instalar un ventilador en el techo, el mismo que tienen en el Raffles. ¿Has visto? ¿Has visto qué bonitas son las palas?

Pulsa varias veces el mando, las palas se aceleran y crean una miniborrasca en el cuarto.

41

–Fantástico, ¿no? Pásame esa caja de ahí... Los caramelos. Ahí, ahí.

Tumbado hacia atrás, alarga impaciente un brazo. Le alcanzo la caja de pastillas que encuentro debajo de unos periódicos en un compartimento abarrotado del mueble que hace las veces de mesilla de noche (también de tipo medicalizado). Se empeña en abrirla sin hacer el menor esfuerzo por incorporarse. Trato de ayudarle pero quiere hacerlo solo. De repente la caja se abre y todas las pastillas negras se desparraman sobre la cama. ¡Mierda! Me apresuro a recogerlas bajo las ráfagas de viento. Maurice pesca algunas a tientas, palpando la sábana con la mano, y se las traga. Enseguida se pone a toser de una forma cavernosa que da miedo. Se atraganta. Paulette viene corriendo. ¿Qué le pasa? ¡¿Quién le ha dado estas pastillas?! ¡No puede comer regaliz! Lo incorporamos y le damos unas palmadas en la espalda. ¡Parad esta ventolera! Al final vomita los caramelos en una mezcla de baba y moco.

–¿Quieres morir asfixiado por unas pastillas de regaliz? ¡Ahí lo tienes! ¿Por qué las escupes entonces? ¡Si ya tienes la solución! –dice Paulette con su voz atiplada mientras le limpia la cara–. ¿Has sido tú quien ha puesto el ventilador a esta velocidad? No puedo más.

Se marcha mascullando una letanía inaudible. Maurice se queda un instante aturdido y vuelve al cabo a jugar con la dentadura.

–Estoy harto de estas carabinas.

–A finales de mes nos vamos a Auschwitz con Nana y Serge.

–¿A Auschwitz? ¿Cómo es eso?

–A Joséphine se le metió entre ceja y ceja después de la muerte de su abuela. Quería que su padre la acompañara. Nana está de acuerdo y se suma. A Serge le da pánico la idea de estar a solas con las dos. Así que yo también voy.

–¡No es lugar para ir!

Me encojo de hombros. Me molesta tener que comentar esta excursión.

–Me sorprende por tu hermano.

–Valentina lo ha echado de su casa.

–¿Ha hecho alguna tontería?

–Probablemente.

–¿Y ahora dónde vive?

–En un piso amueblado que le presta Seligmann, el que lleva su librería de rock. Por el Campo de Marte.

–Estaba bien, aquella chica.

–Sí.

–Una chica como aquella no se deja escapar... Aparte de dar pasta a los polacos, ¿qué vais a hacer en Auschwitz?

–Ya veremos.

–¿De dónde nació la idea?

Agarro la caja de regaliz y me tomo tres o cuatro pastillas.

–Yo sigo la corriente.

–Pon otra vez el ventilador. Me ahogo.

–La familia de mamá murió allí.

–Si volviera a tener piernas, sería el último lugar al que iría.

A principios de año, Serge se fue a Suiza para someterse a una cura con caldos. Atosigado por Valentina para que cambiara de cuerpo, había accedido a hacer un retiro en una clínica de medicina integrativa a orillas del lago de Vaar. Allí, aspirando el aire del Waponitzberg en su terraza embaldosada y con vistas panorámicas, embutido en una pelliza de borrego y ceñido con una manta, empezaba a precio de oro su reposo digestivo (en otro tiempo conocido como ayuno) con un caldo de verdura y un agua mineral. Al día siguiente, el caldo desaparecía del protocolo y solo le quedaban el agua y tanta tisana aromática como quisiera. Lo invadió una impresión de infelicidad, y más teniendo en cuenta que todos los extras de la cura, envolturas, meditación, yoga, coaching psicológico, por no hablar del senderismo invernal, le daban horror. Valentina lo había acompañado. Su presencia no aportaba gran consuelo, pues ella disfrutaba de un simple programa dietético y podía sentarse delante de un mantel blanco y de unos cubiertos a las horas de las comidas. Además, cuando no andaba en albornoz por el Beauty Center, se entregaba a todas las actividades con un ardor que ponía los pelos de punta. Serge pasaba sus días entre la terraza y la cama, pegado al portátil, su rectángulo de azul, su única ventana al mundo normal. Al cuarto día, a pesar de la prohibición, Valentina se lo encontró con un pitillo en los labios, vestido como un hombre de negocios y cerrando la maleta. Esa misma mañana, un poco antes, lo había felicitado por la reinserción del caldo de verdura.

En el coche ella no le reprocha que se marche antes de tiempo, sino el drama en recepción, su vulgaridad y su mezquindad. Porque era evidente que el centro no iba a devolverle el dinero del resto de la semana. ¡Seis mil euros el caldo de apio! ¡Los muy cabritos! ¡Vaya mierda de clínica!, había dicho Serge mientras conducía a tumba abierta, ¡es una extorsión! ¿Ves adónde nos llevan estas tonterías tuyas de revistas femeninas? ¡Y el nazi de la recepción! ¡Ha firmado el reglamento interno, caballero! Pero ¿qué reglamento, hijo de puta? ¡Y yo qué sé qué he firmado o dejado de firmar! Estoy gordo. Me gusto gordo, ¡estoy bien como estoy! ¡Y hay gente a la que le gusto gordo! ¿Sabes qué vamos a hacer, Valentina? Busca Zurbigën en el mapa. Voy a empezar con una cerveza, que abre el píloro.

–¿A quién le gustas gordo?

–A la gente. Además no estoy gordo, estoy hinchado. Y me hincho porque como más deprisa que un perro. Eso hay que tenerlo muy claro. No me gana ningún chucho.

–¿A qué gente? ¿A Peggy Wigstrom?

–¿Qué pinta Peggy en todo esto?

–¿A Peggy Wigstrom? Sería un golpe bajo, lo sabes ¿no?

–¡No digas tonterías!

–¿Te acuestas con Peggy Wigstrom?

–¡Estás completamente loca! No te ha sentado nada bien, esta cura.

–¡Contéstame!

–¡Si podría ser su padre!

–Eso nunca le ha importado a nadie.

–Es que ni siquiera sé cómo se te ha podido pasar por la cabeza, Valentina.

–Júramelo.

–¡Te lo juro! Entre Peggy Wigstrom y yo no hay nada. Te lo juro.

–¿Me lo juras por Joséphine?

–Te lo juro por Joséphine.

Esa misma noche, en el Walser House de Zurbigën, después de dar buena cuenta de un gratinado de cebolla a la parisina y de una pechuga de pichón rellena de sus muslos, Serge le decía a Valentina: para ser sincero, *tesoro mío*, no creo en todas estas prescripciones de régimen. A mi modo de ver, uno puede adelgazar por decisión mental. También creo que uno puede esculpir un cuerpo con la imaginación sin necesidad de hacer deporte. ¡Fíjate

45

que he rechazado el pan! Ahora me merezco un postrecillo, ¿no?

–Como hay gente a la que le gustas gordo...

–Mira que eres mala, *micetta*...

Al día siguiente, al término de una cena quizá aún mejor que la de la víspera, mientras él sacaba con los dedos un bocadito de su pastel de profiteroles y nata, tuvo una idea: sería allí, en las cocinas del Walser House, y no en otra parte, donde su sobrino Victor iba a completar su formación de cocinero y a trabajar el próximo verano. Hizo venir a un maître y preguntó si el chef podía recibir al señor Popper, que quería felicitarlo personalmente.

–Llama a Victor antes de precipitarte –sugirió Valentina.

–Está buscando unas prácticas para el verano. No va a encontrar nada mejor.

–¿Te lo ha dicho él?

–Nana.

–Aun así, llámalo.

–¡Siempre pones trabas! Le voy a escribir: *Temporada de verano en el hotel Walser House, una de las mejores mesas de Suiza. ¿Te interesa? Tío Serge.*

Después de las pastitas y el Fernet, salieron del comedor. Al fondo de las cocinas amplias y profundas, los esperaba el chef. Un hombre moreno, cordial, hijo de los pastos del Waponitzberg, que solo hablaba alemán o inglés. Utilizando esta última lengua con el acento que sabemos que tiene, Serge empezó diciéndole que merecía al menos una estrella Michelin. Después de uno o dos cumplidos más, presentó a su sobrino Victor, *grosso modo*, un chico magnífico, un fanático de la cocina, que justo sale de la célebre escuela Émile Poillot y está buscando unas prácticas para el verano. El chef nunca ha oído hablar de la escuela

Émile Poillot, pero escucha la solicitud con amabilidad y propone que el jovencito mande un correo electrónico con su currículum.

He estado bien, ¿no?, pregunta Serge en el pasillo *gemütlich* que lleva a su nueva habitación. En un principio les habían asignado la habitación 18: un número imposible. Uno más ocho igual a nueve, el número de la muerte. Serge consiguió que se la cambiaran.

–Has estado estupendo.

–He hecho bien en mencionar lo de la estrella Michelin. Estaba contento.

–Lo parecía, sí.

Serge está convencido de que su destino lo rigen los números. Un día, en Chipre, cambió tres veces de habitación. La primera tenía un número malo, la segunda, dos camas juntas que parecían tumbas, la tercera, un cubrecama marrón-negro imposible de evitar. Cuando Serge sale de una habitación, es imperativo que lo último que vean sus ojos sea un objeto amigo o un color positivo. El negro es negativo. Cuando tropieza con algo negro, debe conjurarlo de inmediato captando dos veces seguidas sin equivocarse algo de color claro. Es agotador. Por no hablar del trastorno ocular.

En cuanto a Victor, añade Serge, no ha contestado. Como su padre. Es más fácil contactar con el Papa que con los Ochoa.

Los Ochoa, tanto el padre como el hijo, tienen móviles anticuados y no hay manera de contactar nunca con ellos directamente. Eso es verdad. Y del mismo modo que la apatía del padre es exasperante, así también el escaso interés del hijo por el objeto sorprende por su insolencia. Los jóvenes viven aferrados al aparatito, Victor no. A este chico no lo encontrarás en ninguna red social de su generación. Por otra parte, hasta hace muy poco tenía un móvil sin internet. Mi sobrino Victor Ochoa, me gustaría que quedara muy claro, no se parece a su padre. Un rescaño de orgullo español, vale, una susceptibilidad a veces un poco ridícula, sí, pero nada más. Tampoco tiene nada de un Popper –¡como si los Popper tuvieran una textura definida!–, bueno, quiero decir que no se parece más a su madre, ni físicamente ni de carácter, puesto que con el paso de los años ella misma se ha ido ochoizando de manera sensible. En la cocina, disfruta sacándola de quicio. Sobre todo porque Nana se ha presentado siempre como una mujer inspirada en los fogones. Ahora, cuando accede a pasar por casa de sus padres (comparte piso lejos con unos compañeros de su escuela), lo que gracias a Dios no sucede a menudo, merodea como un experto detrás de su madre y se asoma a ver qué hace. ¿Por qué hierves la carne en lugar de sellarla? ¿Por qué dejas que se te queme la salsa cuando aún no has cocido la pasta? ¿Por qué dejas que los champiñones se empapen de agua? Si me hicieras caso y pusieras las verduras verdes en remojo en agua helada después de haberlas hervido, no servirías verduras caqui a tus invitados. ¿Salsifíes en pleno mes de mayo? Cuanto más la critica él, más torpe se vuelve ella. Se inhibe y ya no sabe lo que se hace. Un día que cortaba una cebolla con el cuchillo del pan, Victor dijo: ¡me muero de ganas de verte cortar el pan con el cuchillo de hoja fina! Ella lo amenazó con el largo cuchillo dentado.

Victor llama a Serge al día siguiente. Valentina y Serge están en la carretera. Conduce él, y Valentina le aguanta el móvil con el altavoz puesto cerca de la boca. Le mandas un correo, en inglés, grita Serge, pones las fechas, tu diplo-

ma, las prácticas que has hecho y los restaurantes en que
has trabajado, aquel sitio en la bahía de Arcachon en que a
los quince días te pasaron ya a la carne, el Meurice, *tutti
quanti*. Victor da las gracias sin mucha efusión y le prome-
te que mandará el correo esa misma tarde. Todo le parece
normal, le dice Serge a Valentina después de colgar.

–Es que es normal. Eres su tío.

–Sí, sí. De regreso en París, Serge se jacta delante de Nana de
haber organizado el verano de su hijo en un estableci-
miento de primera categoría. Y lo que es mejor, añade, estará en un marco incomparable rodeado de montañas, en
los confines de Suiza, él que quería viajar. Nana le da en-
carecidamente las gracias.

Cuando llego a casa, no me espera nadie. Nunca digo:
¡soy yo!, con esa voz alegre que he oído alguna vez en alguna casa, no me esperan ni un hola ni pasos apresurados.
Yo, que he orientado mi vida en el sentido opuesto, me
siento un idiota cuando por sorpresa me entra la pena de
no disfrutar de un hogar animado, de la intimidad, de un
tiempo ritualizado incluso en provecho de las tareas más
elementales. ¿Cómo evitar esta clase de elucubraciones?
Cuando era joven me encantaba la canción «Si tous les gars
du monde (décidaient d'être copains)».* Durante mucho
tiempo creí que las cosas debían ser así (una parte de mí lo
sigue creyendo): unos tipos francos que caminan de la
mano, un equipo fraternal de tíos duros y especialistas de
toda índole. Evidentemente, no estábamos casados ni teníamos familia. Yo tenía la suerte de poder retirarme algu-

* «Si todos los chicos del mundo (decidieran ser amigos).»
(N. del T.)

49

na que otra vez a la tienda con una chica guapa mientras los demás seguían cantando alrededor del fuego (y no follaban nunca). Pero nada de historias de amor, nada de hijos, ninguno de esos fardos en el horizonte. A Marion le parece normal contarme sus aventuras sentimentales. La verdad es que no me explico cómo me convertí en su confidente. Teóricamente, un hombre inteligente frena en seco esta clase de culebrones, máxime cuando aún no han aparecido las fisuras amargas de la decepción. La pobre se encuentra en un estado de exaltación inaudito. Todo le procura felicidad. Por mi parte, cualquier excusa es buena para llevarle la contraria. Me cuenta que su chico nació en Buenos Aires, donde pasó varios años. ¿Por qué pronuncias Buenosss Airesss a la argentina?

–Porque es bonito.

–Pero no dices Man-hhhhhattan a la americana.

–No. Pero sí digo Buenosss Airesss a la argentina. ¿Pasa algo?

–Sí.

–Cada día estás más loco.

–¿Por qué dices Buenosss Airesss a la argentina en medio de una frase en francés?

–Porque me gusta. ¿Quieres parar?

–No. Dices Buenosss Airesss porque lo imitas.

–Puede. ¿Y qué?

–Pues que no eres tú.

–¿Estás celoso?

–También tú, Marion, estás cada día más loca.

Hace dos años los llevé a Venecia, a ella y a Luc. Había alquilado un apartamento de dos habitaciones cerca de los Frari. Estaba bien, aquel pequeño trío. El Lunes de Pascua corríamos por la calle por miedo a que la tienda de ultramarinos cerrara pronto. Nos cruzamos a un mendigo negro de edad indeterminada. Marion se paró, yo le dije en italiano que pasaríamos luego. Cuando volvimos a pasar, yo solo tenía una tarjeta bancaria y Marion dos billetes. El tipo le dijo: *Puoi cambiare?* Marion quiso que volviéramos a la tienda a cambiar. Había un montón de gente en la cola. Marion tendió un billete de veinte euros y pidió educadamente si se lo podían cambiar. El hombre, haciendo como que nos enseñaba la caja registradora, le dijo que no tenía cambio. Todas las tiendas vecinas estaban cerradas. No me atrevo a volver a pasar por delante del mendigo, dijo Marion. Tomamos otro camino pero estaba contrariada, el pobre, no está bien hacer una promesa y luego no cumplirla. Se recuperará, dije. Nos está esperando, si no volvemos, tendrá una idea de la vida aún peor. Te das demasiada importancia, Marion, dije. La bolsa con la compra pesaba. Estábamos ya bastante lejos cuando pasamos junto a una tienda de souvenirs abierta. El dueño nos dijo que no tenía cambio sin ni siquiera comprobarlo. Podríamos haber cambiado comprando cualquier baratija, dijo Marion. Era todo espantoso, ya lo has visto, ¡y nada costaba menos de cinco euros! Después de cruzar un puente, pasamos por delante de una tiendecita que vendía postales y Marion se abalanzó dentro para comprar una. Ya tenía cambio. Luc también quería volver. Desanduvimos el camino con todos los turistas en sentido contrario y la bolsa que pesaba un quintal. El mendigo nos reconoció, nos deseó *Buona Pasqua* con una sonrisa amable. ¿Lo ves? Hemos hecho bien en volver, dijo Marion. Pero apenas unos metros más allá se ensombreció de nuevo, me da rabia que haya podido pensar que le hemos dado dinero porque era el día de Pascua.

Eso no quita que me sienta más o menos mortificado por esta historia de amor grotesca con el argentino. No creía que Marion tuviera esta clase de influencia en mí. Así es como estoy en los últimos tiempos, poroso a las cosas anormales. En el tren de alta velocidad, vi en la cubierta de una revista una foto de Céline Dion que echaba para atrás. Ahora tiene la tez morena y lleva el pelo corto y aceitoso cortado en forma de plumas sobre la frente. Posa en cuclillas en una posición extravagante, las piernas separadas en unos vaqueros superanchos y unos botines de marqués en punta. Me pareció que esta mujer había perdido por completo el rumbo. La ha devorado el marketing igual que la devoró aquel desconcertante chándal verde fosforito, me dije, y me entró pena. No por ella, sino por el cambio de mundo. Los tíos de mi generación se hundían en las drogas y en las utopías. Mal que bien, seguían siendo reales y encontrábamos cosas con las que soñar. Para recuperarme, me traslado a Auschwitz. Allí donde nunca se darían esta clase de nostalgias nebulosas. Y si termino pensando en Auschwitz (por lo general no suelo buscar cortafuegos tan radicales) es porque a Joséphine, joven vástago con problemas de identidad, le ha dado por ir a pisar la tumba de sus antepasados, arrastrando con ella, como en un juego de bolos, a ese trío olvidadizo y desenvuelto, a su padre, a su tía y a mí, su tío.

Por orden de Carole, Serge iba a todos los espectáculos de fin de curso de la escuela de danza de Joséphine. Todos los años veía a su hija rechoncha y arisca efectuar sin gracia los gestos de la coreografía embutida en unas mallas inapropiadas. No tardaba en sumirse en la melancolía. Los otros padres filmaban, aplaudían e iban a recoger a sus hijos en una algarabía de buen humor, él esperaba al fondo encorvado en un taburete, incapaz de pronunciar una palabra amable cuando la pequeña aparecía con la frente arrugada y cara de preocupación. Sentía, por así decir, que sobre él pesaba una maldición. Esta niña nunca fue la sílfide cariñosa y delicada con la que soñaba su padre. Menos aún el genio que esperaba. Joséphine pasaba de un curso a otro sin levantar mucho ruido. A los quince años la echaron del instituto por haberse pasado con los novillos y haber falsificado justificantes de los padres. Después de unos esfuerzos de escolaridad caóticos, se encaprichó del maquillaje, una orientación patética, según su padre, que terminó por pagar a regañadientes la escuela privada. Durante un tiempo hizo pódiums para algunas cadenas de perfumería (*¡pódium!*, digo, como si manejara esta palabra desde siempre, cuando lo cierto es que apenas intuyo de qué se trata), hasta que un buen día acabó en el puesto de mando de seguridad del Sephora de los Campos Elíseos, acusada de ser una ladrona. Hoy se define como *make-up artist* y se gana la vida trabajando esporádicamente para la tele. Es posible que Joséphine valga más de lo que da a entender mi presentación. A decir verdad la conozco poco, más allá de los lamentos de Serge y de las comidas familiares de que hablaba antes, donde nadie está en su mejor versión.

Este año, movido por no sé qué remordimiento paternal o por el envejecimiento de los órganos, mi hermano ha tomado dos decisiones en relación con su hija. Acompañarla a Polonia y comprarle un estudio. Dado el perfil económico de Serge, Valentina se ofreció a avalar el préstamo. Un gesto cariñoso y noble, si consideramos los pocos esfuerzos que Joséphine ha hecho respecto a ella. Joséphine empezó a buscar por su cuenta. La primera visita que hicieron, un sexto abuhardillado en la rue Poulet, a dos pasos del boulevard Barbès, convenció a mi hermano de que debía tomar personalmente las riendas del asunto. Un desván con los árabes, ¡eso es todo lo que ella ha sido capaz de encontrar! Valentina le recomendó a Serge una agente inmobiliaria dinámica y muy bien relacionada, según dijo, gracias a la cual ella había conseguido su piso. Una tal Peggy Wigstrom. Una rubia guapa de unos treinta años y moño impecable a la que, la única vez que la vi, me imaginé enseguida como dueña de una nutrida colección de fustas. ¿Tuvo Serge la misma impresión? Lo cierto es que se tomó muy en serio la búsqueda del estudio, y que llegó incluso a visitar algunos pisos sin Joséphine, que de todos modos no habría puesto los pies en los barrios de viejos en que su padre le buscaba un techo. Un buen día, sabiendo que estaba al teléfono con Peggy Wigstrom, Valentina lo oyó reírse con una risa peculiar. Una risa falsa, idiota y licenciosa, todo a la vez. ¿Qué te hace tanta gracia?

–¿Gracia?

–Parece que os estáis partiendo de risa.

–Ah, no, nada. Es que tenía una propuesta por Auteuil y nos hemos imaginado la reacción de Joséphine.

–Te pones tan tonto cuando quieres gustar.

–Los hombres son tontos, *tesoro mío.*

–¿No tienes mucha confianza con esta mujer?

–¡Qué dices!

Peggy Wigstrom había permanecido prudentemente escondida en los pensamientos de ambos hasta la carretera de Zurbigën, donde bastó una palabra desafortunada para que volviera a surgir. Pero Serge lo había jurado. Había jurado por su hija que no se acostaba con Peggy Wigstrom. Valentina le creyó. Uno no jura por su hija si no es verdad. Habría que preguntarse por la inagotable credulidad de las mujeres. Desde la noche de los tiempos los hombres dicen tonterías. Los hombres no tienen moral del verbo. Las palabras no pesan nada. Apenas pronunciadas, echan a volar como burbujas y estallan suavemente en el aire. ¿A quién le importa? Si surge un problema, se corrige con otras palabras que también se lleva el viento, y así una y otra vez. Júralo por Joséphine, dijo Valentina. Lo juro por Joséphine, repitió Serge sin la menor vacilación y puede incluso que con el tono del ofendido antes de no poder dormir por ello y de imponerse no sé qué Gólgota purificador. Valentina le creyó. Habían salvado la noche y Peggy Wigstrom regresó a su lugar en la sombra.

Comprar una vivienda no es moco de pavo. Lo quieras o no, la mera perspectiva encierra una dimensión de vida y de muerte. Dejando de lado a Wigstrom, Serge visita estudios para su hija con la idea de que es él, arruinado y abandonado por todo el mundo, quien terminará entre sus cuatro paredes. Un estudio que supuestamente convenga al propietario y a quien vaya a ocuparlo es sin embargo algo básico en el mercado inmobiliario. Pero ¿qué criterios comparten dos personas existencialmente tan alejadas entre sí? Joséphine no teme por las escaleras, sueña con bullicio, agitación, bares, metros, mientras que las prioridades de su padre son un ascensor, unas puertas y un cuarto de baño lo bastante amplios para el caminador, un pasillo apto para maniobrar, un entorno tranquilo con restaurante en el que poder almorzar y ver pasar a chicas guapas. De vez en cuando hay que recordarle a Serge que este estudio no es una antecripta que tenga que albergarlo a él. Lo sabe. Pero no entiende a su hija, no entiende sus prioridades. ¿Es un hombre capaz de entrar en la lógica de otra persona? Cuando está de buen humor, la acompaña por la zona de Oberkampf, arrastrando el cuerpo y armado de valor, se esfuerza en descubrir signos favorables, un buen número de calle, un color de vestíbulo positivo, ninguna persiana metálica negra en los alrededores.

Ayer, en la rue Honoré-Pain, vi caer a una paloma en la calzada. Estaba boca arriba, aún tuvo tiempo de batir las alas durante unos segundos. Luego se murió. En lo alto, congregadas en el alero de un tejado, un grupo de palomas la miraban. Me pregunté qué sentirían. ¿La empujaron ellas? Esta mañana, a unos metros de mi casa, en una esquina de la rue Grèze, que es perpendicular a la rue Honoré-Pain, un cuervo picoteaba con voracidad la paloma muerta, que había sido desplazada varios metros y ya no tenía cabeza. Me he detenido a observar al animal reluciente que se afanaba. He pensado en Serge, a quien un espectáculo como este delante de su puerta habría angustiado enormemente. Con un impulso seco, el cuervo ha vuelto el cuello hacia mí y me ha mirado fijamente con sus ojos amarillos y llenos de desprecio. Es mi calle, es mi botín. Es mi rue Grèze, una tierra salvaje, ha espetado. He trazado un círculo ridículo para volver a mi puerta. He agachado la mirada. Sí, señor cuervo.

Me he acordado de una escena de *Los hermanos Karamázov*: un hombre azota a su caballo y le da con el látigo en los ojos, dóciles. En otras traducciones se lee en los ojos *mansos*. Pero *dóciles* eleva la frase.

«Mamá está deprimida por la mañana, negativa al mediodía, y en público es el alma de la fiesta por la noche.» Tengo presente esta frase de Margot cuando llamo a su madre a última hora de la tarde. La encuentro en efecto en la pendiente de la jovialidad. Nana es la encargada de organizar nuestro viaje a Auschwitz. Se ofreció ella misma como profesional (desde hace cuatro años, es coordinadora en una asociación vinculada a Ayuda a la Infancia que organiza las vacaciones de familias necesitadas). Me hace un informe como si fuera una buena secretaria: aviones reservados con las tarjetas de embarque, hotel reservado a dos pasos del campo, hora de vista del Memorial reservada a las nueve con un guía polaco. ¿Un guía polaco?

–Sí. Era la única forma de conseguir los billetes para ese día. La cuota de entradas para visitantes sin guía se había agotado. Pero nos apartaremos del grupo enseguida. ¿Te ocupas tú del coche?

–Hecho.

–Me hubiera gustado llevarme a Margot, pero este año tiene el examen de bachillerato.

–Tampoco vamos a ir como si fuéramos una delegación.

–Estuvo a punto de ir con la clase en diciembre, pero no la seleccionaron.

–¡A Dios gracias!

–¿Por qué?

–Bromeo.

–¡Ah, claro! ¡Jaja! Dile que te cuente, te vas a reír.

–¿Reír?

–Sí, sí. Ya verás. ¿Sabes algo de Serge?

–No está en su mejor momento.

–Pero no creerás que ella lo ha dejado para siempre, ¿no?

–Es una crisis. Han pasado otras.

–Sería la mayor estupidez de su vida. Valentina es estupenda. Nunca encontrará a una mujer igual.

–Es verdad.

–¿Qué podemos hacer?

–¿Qué quieres que hagamos?

–Oye, ¿te puedes creer que el chef suizo del Walser nunca contestó a Victor?

–Qué me dices. Coméntaselo a Serge.

–Victor mandó su currículum, todo, sus referencias, en inglés, todo correcto, y no ha habido respuesta. Hace ya casi dos meses. Y ya sabes, las temporadas se organizan con mucha antelación.

–Díselo a Serge.

–Me da cosa, si está en el fondo del pozo.

–Pero una llamada sí puede hacer.

–Sí... Sería estupendo que Victor pudiera hacer la temporada de verano en el Walser.

–Dile a Serge que vuelva a insistir con el tipo.

–Sí...

–Tienes que hablar con él, ¡no conmigo!

–Sí, lo haré.

¿Era posible que Valentina hubiera dejado a Serge para siempre? Valentina está fuera de la esfera habitual en que se mueve Serge. En la medida en que puede calibrarse el contorno de esta esfera. Llevan juntos cinco años. Serge la conoció en casa del abogado que defendía a Jacky Alcan en el caso aquel del impuesto sobre las emisiones de carbono (Jacky había contratado a unos testaferros para las empresas falsas). Nada predestinaba a esta mujer brillante y racional, alta ejecutiva en Lactalis, a encapricharse de alguien como Serge.

¿Era posible que lo hubiera dejado de verdad? Yo aún no me había imaginado la cosa en esos términos. Perder a Valentina sería desde luego una enorme estupidez.

En una agradable noche de febrero, alrededor de un mes después de su excursión suiza, Valentina leía repentinamente en el móvil de Serge estas palabras: *Llámame al otro*. El aparato estaba al alcance de la mano y con la pantalla aún sin bloquear. ¿A quién iba dirigido ese breve mensaje? ¿Es necesario decirlo? Las palabras flotaban perdidas sobre el fondo blanco y los intercambios anteriores parecían haber sido todos borrados. Como se borraba en un instante el contorno de las cosas familiares, cualquier motivo de alegría y confianza.

Cuando Serge vuelve a la habitación, se encuentra a una mujer pálida y fuera de sus casillas. ¿Dónde está el otro?

–¿El otro qué?

–¡El otro teléfono, pedazo de mierda!

–De qué me hablas, Va...

Ni siquiera tiene tiempo de decirlo cuando ella ya se le ha echado encima, le registra los bolsillos zarandeándolo y saca el discreto Wiko, que lanza a la otra punta de la habitación.

–¡Lárgate! ¡Lárgate de aquí...! Con la zorra que yo misma te presenté. ¡Yo misma!

Ella grita, le pega, abre un armario, saca de los cajones todas sus cosas, arranca de las perchas pantalones, camisas y chaquetas que tira al suelo.

–¡¿Dónde está tu maleta, hijo de puta?! ¡Encuentra la maleta antes de que te mate!

En el cuarto de baño, tira maquinilla de afeitar, espuma, cepillo de dientes, colonia. Serge trata de agarrarla para calmarla, pero Valentina ya barre un estante del dormitorio, es de esas mujeres a las que nada detiene cuando se preparan para la guerra.

–¡Por tu hija! ¡Lo juraste por tu propia hija...! En cuanto a la Wigstrom, esa teutona de silicona...

–¡El Ganesha no! ¡Mi Ganesha no!...

–Es normal que te folles a una teutona, a los judíos les gustan las teutonas.

–¡Valentina!

59

–¡Ni Valentina ni hostias!

Serge recoge de debajo del escritorio la estatuilla en terracota de Ganesha bailando que le regaló una médium en Auroville. Valentina se ha ido al recibidor con una escalera de mano. Desde arriba, deja caer la maleta negra que conozco de toda la vida. Embute dentro todo lo que ha ido tirando, Serge se ve obligado a ayudarla para evitar un exceso de destrozos.

–Me importa un comino que te folles a putas a diestro y siniestro, los hombres no sabéis qué hacer con la polla, ¡pero que me mientas! ¡Que me hayas mentido! ¡Que te hayas burlado de mí hasta este extremo! Nunca he mirado tus mensajes, nunca te he vigilado. Confío en ti, ¿y qué recibo? ¿Qué recibe la pobre imbécil que se lo traga todo? El tipo se compra su pequeño Wiko de cobarde y se tira tranquilamente a la petarda de la inmobiliaria que le busca un apartamento para su hija. Una petarda que ella misma le presentó. Y se supone que lo mío en la carretera del Walser eran delirios. ¿Es posible sentirse más humillada? ¡Humillada hasta el fondo!

–¡No te vas a poner como todas esas señoras de hoy, Valentina!

–¡Las señoras de hoy te escupen en la cara! ¿Dónde está tu fetiche de mierda?

Rebusca en la maleta, encuentra el Ganesha protector que él creía haber puesto a salvo en la boca de una manga, y lo lanza con todas sus fuerzas contra el suelo embaldosado de la cocina. La estatuilla vuela en mil pedazos. Serge contempla al dios disgregado. Pasado el instante de horror y estupefacción, se agacha para recoger febrilmente todos los trozos, todos, incluso los más ínfimos, incluso el polvillo de barro, que mete en un trapo. Le vienen a la memoria los pensamientos sombríos de su primera noche en la habitación 25 del Walser House. Valentina dormía pegada a su cuerpo mientras él sondeaba la oscuridad con ojos erráticos. ¿Qué había desencadenado al jurar por su hija? ¿No había atraído fuerzas maléficas hacia su hija? Tenía en mente la imagen vaga de unas serpientes enrollándose en las piernas de la persona designada. ¿Cómo anular aquellas palabras dichas sin pensar? Eran fruto de la urgencia del momento, ¡no tenían importancia! ¿Qué podía hacer para que nada se abatiera sobre Joséphine? Iba a impulsar su propio sistema de conjuro. Sí. Iba a incrementar todos sus tejemanejes (hay un montón de los que no he hablado y que ni siquiera conozco). También iba a imponerse algunos *mitzvot*. Se acordaba de la patrulla de la Cruz Roja que había visto una noche cerca del cementerio de Vaugirard. Me apuntaré en la oficina del barrio, había pensado, iré de madrugada con el anorak naranja y el carrito, repartiré sopa caliente, lápices, papel, un kit de aseo personal, se había dicho emocionado. Sí, lo haré. Al menos dos veces, se había prometido. Y mientras fisgonea entre las baldosas de la cocina a cuatro patas, siente como si se quitara de encima un peso terrible. ¡Me han castigado a mí, piensa, me han castigado a mí, a Serge Popper, y no a mi hija que no ha hecho nada! Por eso recoge con tanto esmero al Ganesha hecho añicos, convencido de la clemencia y de la persistencia de las fuerzas de la divinidad modificada. Pobrecilla, estás como una chota, le dirá a Valentina con una voz no exenta de frialdad mientras se levanta. Valentina empuja a patadas la maleta hacia la puerta.

–¡Deja que la cierre!

Ve el Wiko cerca de un zócalo. Valentina es más rápida que él. Forcejean, él consigue arrebatárselo y lo tira por la ventana. Ella se echa a llorar.

–Pero ¡¿por qué tengo que pasar por esto?! Dios mío, ¡¿qué he hecho yo para merecer esto?!

Él cierra la maleta y la tira al rellano.

–*Ciao*. Estoy contento de largarme. ¡Es una liberación!

Esa misma noche le acondicionaba la habitación que uso de despacho, esa en la que duerme Luc cuando Marion me lo deja, y me lo llevaba al bistró de abajo a cenar chuletas de cordero. Lo encontré mentalmente un poco confuso pero más bien entero. «Valentina se pone colonia», dijo. «De una marca especial, no recuerdo cuál. El olor le recuerda a sus padres. Emigrantes calabreses, él era albañil. Eso me puso muy melancólico cuando la conocí. Te cruzabas con gente de ese mismo olor en la rue Bredaine, el pelo peinado hacia atrás, camisas de pobre bien abrochadas hasta el cuello. Pero me da igual. Está loca. Estás en lo cierto. Nada de vida conyugal. Nada de escenas, nada de celos. Las italianas son las peores, son inflexibles. Se hacen ilusiones ellas solas, no puedes hacerlas entrar en razón. Incluso la que está por encima de la media no está por encima de la media. Tú la crees inteligente, pero es un saco de hormonas como las demás. Anoche llegué al cielo, me dijo, vuestro padre está en el paraíso, mirando al norte, y vuestra madre en el infierno, en una suite que da al sur, atendida por un montón de sirvientes ceilaneses. ¿Cómo analizas tú eso? Lo del garaje de Montrouge se ha ido al garete. Chicheportiche tenía al alcalde en el bolsillo. Resultado: prohibición de construir encima. ¡Es que ni siquiera un piso! Vamos a vender a pérdida.» Al terminar la cena, después de dos botellas de un Saint-Julien excelente, desciframos a través del cristal del Wiko desintegrado en sus tres cuartas partes los intercambios con Peggy Wigstrom. Mezcla de salacidad y cretinismo.

Esclavo aguarda a Valquiria viciosa. Ven con tus alas de acero. Tu perro. O bien, sobre el mismo tema: *¿Tienes los pezones tan erizados como las puntas de tu casco? Ábrete. Thor te va a someter.* Lloramos de la risa con el Thor te va a someter, y también pensando en la cara que habría puesto Valentina si hubiera conservado el móvil en la mano.

A la mañana siguiente me lo encontré sombrío y atontado, sentado en calzoncillos al borde la cama. Sobre el mueble, un blíster de Xénotran del que debió de ir picando durante la noche. Llevaba desde el alba tratando de llamar como un poseso a Valentina, aunque sin éxito.

¿Quieres un café?

–Desde las cinco que estoy despierto. Me dejé el antifaz de avión allí.

–Me voy dos días a Provins a un seminario. Toma, aquí tienes las llaves.

–¿Me dejas solo?

–Mañana por la noche estoy de vuelta.

–¿Cómo se llama ese gerente mío que me tima? Es imposible acordarse de ese nombre.

–Patrick Seligmann.

–Seligmann, eso. Su madre tiene pisos amueblados en alquiler. Si no conozco a nadie más, ¿por qué no me acuerdo de su nombre? ¿Crees que puede ser alzhéimer?

–A mí también me pasa. ¿Vas a alquilar algo amueblado?

–Quizá pueda dejarme uno. Lo cual no haría sino confirmar que me está timando. Cómo me jodería el alzhéimer... ¿Cuál será el primer órgano en fallar? Ahí está el suspense.

Cogió una castaña pintada por Luc. En otoño, Luc recoge castañas y dibuja caras en el círculo blanco. Ojos, nariz, boca.

–¿Por qué está de morros?

Abro un cajón y le enseño mi colección de castañas pintadas.

–Tengo que sonríen.

Las puse sobre el tablero de ajedrez de madera que era de nuestro padre.

Serge preguntó: ¿juegas de vez en cuando?

–Cuando vuelva te machaco.

–Te voy a machacar yo a ti.

–Ve practicando un poco.

–Cuando ya no me valga por mí mismo –dice cada vez más encorvado–, cuando esté en el pasillo de un geriátrico a merced de unas guarras que me prepararán tostaditas a las cinco, prohibiré que vengan a verme. Quiero tener la certeza de haber sido abandonado, ni una pizca de esperanza de ninguna clase, nada.

–Vuelvo mañana por la noche. Serge, todo se arreglará.

–Nada se arreglará. Todo se ha ido al garete. Yo era invulnerable y todo se ha ido al garete.

–¿Quieres una castaña?

–Esta me gusta.

–¡Pero no una que esté de morros!

–Sí, una que esté de morros.

–Está bien. Quédatela.

Me pareció que estaba pelado. También le dejé un poco de pasta.

Hay algo conmovedor en la posición del hombre sentado al borde de una cama. Los hombros encogidos, el busto hundido. La cama no está hecha para esta postura. Un cuadro famoso de Edward Hopper muestra a un hombre casi vestido por completo en esta situación irresoluta. Las manos le cuelgan entre las piernas, tiene la mirada clavada en el suelo. Detrás de él, aunque en un primer momento no la vemos, una mujer medio desnuda duerme de cara a la pared. Si pienso en la imagen, no me acuerdo de la mujer. El hombre está solo, la suya es una soledad que se manifiesta tanto de día como de noche, que no tiene nada que ver con otras presencias, con la luz o la decoración. La soledad es la cama y la actitud rota. Es la espera de nada. Al hombre no lo ve nadie. El cuerpo inobservado acepta el abatimiento. Es esta particularidad de no ser visto por nadie la que lo devuelve a uno a la infancia, al posible vacío del futuro. Mi hermano, que en otro tiempo siempre había sido grandullón, menguó. Lo dejé en calzoncillos, replegado en el borde de la cama, con la castaña que está de morros en la mano. Me inspira la idea de una vaga responsabilidad. Lo he superado en fuerzas, tendré que velar por él.

En Louan-Villegruis-Fontaine, sobre las dos de la madrugada, mientras nos adentrábamos medio borrachos en el bosque con Bruno Bourboulon, un colega de controlmando, recibí una llamada de Serge. Valentina le había mandado un mensaje diciéndole que había metido todo lo que quedaba de sus cosas en una bolsa de Ikea, que estaba a su disposición en el local de los contenedores si llegaba antes que los basureros. Serge había acudido de inmediato a la rue Trichet, donde la bolsa aguardaba en el suelo de la caseta, lista para que se la llevaran. Había pensado en subir y llamar a la puerta, pero no se atrevió por Marzio. No terminé de entender qué quería ni qué podía hacer yo a distancia, y más teniendo en cuenta que errábamos sin rumbo fijo por un frío húmedo con la minilinterna del *business village* a la búsqueda de nuestro *cottage* (un bungalow). Bourboulon se había tirado casi en pelotas a la piscina climatizada, aún estaba mojado y empezaba a refunfuñar mientras tarareaba «Les Lacs du Connemara». Le aconsejé a Serge que volviera casa y dejara que pasara la crisis.

–Cuando me miro en el espejo –decía apenas inaudible entre el ruido de la circulación–, cuando veo las manchas de la edad, la mirada resignada, el pelo sin energía que disimula que ya no está para muchos trotes, me digo: cuánto tiempo te queda... ¡Taxi! ¡Taxi! ¡Están en verde y no se paran...! He tocado fondo, estoy sin piso, con una bolsa de mendigo. Seligmann puede prestarme un cuchitril interior cerca del Campo de Marte. A mí me dejas dos días en el Campo de Marte y me cuelgo.

–Desde luego.

–¿Sabes que la vejez aparece de la noche a la mañana? De un día para otro. Un día te despiertas y ya no puedes arreglarte, la vejez te estalla en la cara...

–Serge, vuelve a casa, date una buena ducha. Mañana por la noche estoy de vuelta, ya hablaremos. ¿Serge?...

Ya no oía nada. ¿Serge?...

¿Qué diantres hacía yo en esa tierra de nadie con Bourboulon? Al día siguiente tenía una visita guiada por Provins y ciclorraíl. Podría haberme tocado el grupo de tiro al arco, pero no, me había tocado el grupo de ciclorraíl. Intenté llamarlo. Debía de haberse quedado sin batería. Finalmente encontramos nuestro *cottage*. Imposible conciliar el sueño. Como broche final a la noche de baile, Bourboulon había manteado al responsable del proyecto informático y al tipo de Enercoop que había venido a hablarnos de las virtudes de la gestión social y solidaria. Me había pasado con la bebida y con las bromas estúpidas. Estudié la habitación prefabricada. Echaba de menos los pequeños hoteles de costa de cuando hacíamos salidas de departamento sin tantos ceremoniales. Cogí el iPad y vi el último capítulo de *Narcos: México*. Al final, antes de que todo explote, Don Neto pregunta a Miguel Ángel Félix Gallardo por qué se metió en la cocaína: «Estábamos a toda madre con la mota. Y así podríamos haber seguido siempre, pero, cabrón, no tienes llene.

»–Había que expandirse.

»–¿Había que expandirse? –dice Don Neto–. ¿Neta?»

Tengo un compañero de promoción que, ya bastante mayor, creó una marca de cocinas equipadas. Habla de abrir una tienda en Hamburgo. Apenas se ha hecho un hueco en París y ya quiere europeizarse. Mis compañeros no han parado de cambiar de trabajo, y cada vez que han cambiado de trabajo se han dicho: tendría que haberlo hecho hace un año. Tú te has quedado donde estabas. Un crack en la sombra dentro de tu sector.

Al día siguiente Serge me escribió para decirme que se iba y que se instalaba en el apartamento amueblado de Seligmann. Recibí el mensaje en el autocar que nos llevaba en silencio de vuelta a Nation. Todo el mundo estaba agotado. A muchos les quedaba todavía una hora de trayecto para llegar a casa. Le mandé a Marion una foto mía haciendo el payaso con mis colegas montado en el cicloraíl para que se la enseñara a Luc. El autocar me recordó nuestro próximo viaje a Polonia y la historia de Margot.

Relato de Margot Ochoa:

En otoño, nuestro profesor de Filosofía, el señor Cerezo, un judío abrumado, inscribió a la clase en un concurso organizado por el Mémorial de la Shoah de París. Había que hacer una presentación sobre un tema de nuestra elección relacionado con los campos de concentración. El primer premio del concurso era un viaje escolar a Auschwitz. Me seleccionaron junto con otras dos chicas para hacer la exposición oral y ganamos el premio. El viaje solo podía organizarse para una clase de quince alumnos. Nosotros éramos treinta. El señor Cerezo decidió echar a suertes qué alumnos iban a participar. Tuvimos que escribir nuestros nombres en un papelillo (menos Prune Mirza, que no se sentía humanamente capaz de ir a ese lugar, y de quien el señor Cerezo respetó el dolor con suma consideración: «¡¿Te crees que se sentían capaces, las personas que fueron mandadas a Auschwitz?!»). Pusimos los papelillos en un sombrero y lo echamos a suertes con la mano inocente de Flore Alouche. Ni a mí ni a mis dos amigas nos seleccionaron, lo cual me pareció superinjusto. A las cinco de la madrugada, delante del instituto, los felices escogidos se subieron al autobús que los había de llevar al aeropuerto. Evidentemente, el señor Cerezo formaba parte del viaje, igual que la señora Hainaut, la profesora de Geografía e Historia. En el autocar, ambiente de tímido alboroto, mezcla de cansancio y excitación. Desde la place Champerret, el señor Cerezo no solo les ordenó que se calmaran, sino que adoptaran también una actitud de recogimiento doliente acorde con las circunstancias. Algunos adoptaron de inmediato el semblante de sufrimiento, sin sospechar que tendrían que conservarlo *non-stop* durante cuarenta y ocho horas. Pues, según nuestros amigos, resultó imposible librarse de la vigilancia del señor Cerezo. En la entrada de Auschwitz, mientras los alumnos aguardaban delante de la puerta principal, él se situó al lado del guía para escrutarlos con la mirada y asegurarse de que todos parecían horrorizados. También iba asintiendo sombríamente a todas y cada una de las informaciones que daba el guía con un movimiento de la cabeza. Cuando un alumno cometía el error de dirigirse a alguno de sus compañeros con algo que no fuera un murmullo de aflicción o de relajar simplemente la expresión de su rostro, aparecía de repente el señor Cerezo. A Solène Mazamet le pareció que podía susurrarle a su compañera que tenía frío (en pleno mes de diciembre en Polonia). «Pobrecita Solène, ¿tienes frío? Pues imagina un poco. ¡Imagina el frío que pudo sentir esa gente a la que desnudaron aquí mismo y que permaneció de pie durante horas, sin moverse, en medio de la nieve, sin comer, sin dormir, Solène, congelada y desnuda antes de que la gasearan!» Si veía asomar un móvil (los había prohibido) o le parecía oír una risita, amenazaba con mandar al infractor al punto de encuentro del parking. La señora Hainaut, ella misma aterrorizada, se movía como una sombra a lo largo de los edificios. El segundo día de este régimen, estando en lo alto de las escaleras de un crematorio y después de haber escuchado con la cabeza gacha la exposición del guía, el señor Cerezo precisó con una voz de ultratumba: «Los azotaban con vergajos.» De pronto, tras estas palabras que se añadían a muchas otras pronunciadas con el mismo tono lúgubre y declamatorio, la señora Hainaut soltó una risotada. Fue una risa que enseguida trató de ahogar con su bufanda y de convertir en tos, pero cuanto más intentaba camuflarla, menos se aguantaba la risa, de manera que, delante de la escalera del crematorio, todo el grupo se echó a reír. Atónito, un instante sin voz, las fosas nasales dilatadas y echando humo, el señor Cerezo dijo al fin: «Bien, creo que mi misión termina aquí. La felicito, señora Hainaut.» Dicho esto, poniéndose bien la cartera en bandolera sobre la parka, se marchó entre la niebla. Lo vieron alejarse a lo largo de los raíles en dirección a la entrada del campo. Al finalizar la jornada se lo encontraron sentado en la primera fila del autocar, mudo e inaccesible, al lado del conductor. El señor Cerezo no abrió la boca hasta que llegaron a París.

Sentí una extraña tristeza al encontrarme el piso vacío, una extraña tristeza por que Serge se hubiera ido tan deprisa. Siempre ha sido así, me dije. Siempre está mejor en otra parte, aunque sea la ratonera de Seligmann. ¿Por qué yo no estaba dispuesto a dar el salto, a abandonar lugares y personas? Ni siquiera habíamos jugado al ajedrez. Hacía años que no habíamos jugado juntos, sabía que él jugaba con otros, ¿era posible que entonces me ganara? En el batiburrillo más o menos significativo de las imágenes que nos quedan del pasado, el ajedrez es un motivo primordial y recurrente. Nuestro padre tenía infinidad de expresiones para referirse al ajedrez. Una de ellas era «El rey de los juegos y el juego de los reyes». Era un fanático. Decía ser maestro nacional, bueno, tener *el nivel de* maestro nacional. Estaba suscrito a *Europe Échecs* y recortaba los estudios o los problemas de *Le Monde*. Todos los domingos lo veíamos en camisa de pijama, las piernas al desnudo y los huevos al aire, yendo de un lado a otro del piso con sus recortes de periódico y su tablero magnético de viaje, con las piezas planas, a la espera de que el supositorio de glicerina surtiera efecto. Terminaba en el trono del cuarto de baño, donde convocaba a Serge (más tarde a mí) para concluir el estudio de la partida. Serge se sentaba incómodo en el borde de la bañera para tener una visión de conjunto de los esfuerzos cerebrales y fisiológicos de nuestro padre. Estudiábamos las partidas de Spassky, Fischer, Capablanca, Steinitz y otros, pero su héroe, aquel de quien no hacía más que alabar la nobleza y la intrepidez, era Mijaíl Tal, el genio del sacrificio, el Alejandro de las sesenta y cuatro ca-

70

sillas. Todos esos campeones rusos, checos, son judíos, nos decía. Y cuando el tipo no era judío, era judío pese a todo. Está claro que jugábamos. Primero contra él, en el gran tablero que ahora tengo en casa. Cuando éramos pequeños nos daba una pieza al principio, primero una torre y luego un caballo, según íbamos progresando. Serge empezó a jugar bien. Mi padre dejó de darle piezas. En cuanto se sentía amenazado, decía: ¡vaya, es interesante, esta situación es muy interesante! ¡Analicemos las variantes! Transformaba la partida en un estudio, la convertía en completamente neutral y ya nadie podía resultar vencedor. Serge se ponía de los nervios. Exigía partidas de verdad. Un día ganó. Jaque mate, dijo Serge con una voz serena, antes de echarse hacia atrás en el sillón de orejas con los brazos bien abiertos. Mi padre reaccionó como si le hubieran clavado una puñalada en el corazón. «A ver, chavalito, no me hagas reír, ¡te he perdonado tres jugadas, te he aconsejado para que no perdieras la reina! ¡Se cree que ha ganado, el muy idiota! Tienes que ser más modesto, chavalín, ¡si alardeas así, empezarás la vida con mal pie!» En casa, perder al ajedrez era una humillación hiriente. Era la muerte. Ibas a la guerra y morías. Cuando Serge y yo empezamos a jugar los dos a salvo de nuestro padre, que venía a arruinarnos las partidas con sus consejos y comentarios, éramos presa de la misma saña, de la misma falta de integridad. Yo estaba más concentrado que Serge. Cuando ganaba, no era más que un mocoso de mierda sin ninguna clase que se había aprovechado de un momento de despiste. Al volver de Louan-Villegruis-Fontaine, me llevé un chasco al ver que se había ido. Ni siquiera intenté llamarle.

No es fácil distinguir entre una emoción pertinente y un desajuste del cerebro. Volví a comprobarlo viendo la

71

serie *Fauda,* donde la visión de un 4×4 traqueteando por el desierto y de un rebaño de cabras en el Golán me provocó un desconcertante sentimiento de nostalgia. Por decirlo en otras palabras, una sensación de haber echado a perder mi verdadera vida. El mismo fenómeno se produjo delante de un reportaje sobre un grupo de poetas moldavos que vivían en enormes edificios colmena en Chisináu, y no hace mucho delante de una enfermera rural que mostraba su huerto a las cámaras y enseñaba la mejorana que le había regalado René o el apio de Marie-Jo, mientras en segundo plano pasaba una gallina. El hecho de que *mi verdadera vida* pueda adoptar aspectos tan diversos acentúa curiosamente el sentimiento de fracaso que me asalta de vez en cuando y que siempre me he prohibido racionalizar. ¿Hasta qué punto puede uno fiarse de sus estados de decaimiento? Cuando uno se interesa por lo que ocurre dentro de la cavidad craneal, por todas esas ramificaciones, interconexiones de neuronas y sinapsis, no es descabellado atribuir determinados estados de ánimo a una serie de combinaciones puramente electroquímicas.

Maurice ha tenido un ataque. El fisio llegó una mañana, se inclinó sobre la cama y advirtió enseguida una ligera parálisis facial. Llamada de urgencia, la doctora diagnosticó un derrame cerebral, le puso una inyección intravenosa y le prescribió un anticoagulante. Después de una breve fase de afasia, Maurice empezó a hablar en un idioma desconocido que recordaba vagamente el árabe mientras la pierna derecha le temblaba sin interrupción. Si queremos saber de verdad qué pasa, dijo la doctora, hay que ir al hospital y hacer un escáner, pero bueno, tiene cien años y no es cuestión de trasladarlo. Tras varios conciliábulos de espanto y horror, el grupo de mujeres que lo velaba se sumó a esa opinión. No es agradable, suspira Paulette al abrirme la puerta. No esperes que te reconozca. En la habitación, grita (con su voz de tiple): ¡¡¡Maurice, es Jean, es Jean que ha venido a verte!!! No lleva los audífonos, me susurra, no vamos a ponerle los audífonos en este estado, qué quieres. Miro las manos sobre la sábana. Las manos descarnadas, venosas, viejas y fieles amigas, desocupadas sobre el tejido. Le cojo una mano con las mías. La tiene fría. Hago pasar sus dedos debajo de los míos. Masajeo suavemente este esqueleto de terciopelo.

He hablado con Serge, me dice Nana unos días después de nuestra última conversación. Su *He hablado con Serge,* con ese timbre plano que deja pasar un hilillo de aire al final, enseguida me irrita. Está mal, dice (sobrentendido: el pobre no lo ha dicho pero yo lo sé). La ha cagado de verdad con Valentina (traducción: llegados a cierto punto, lo sabes muy bien, hay cosas que una mujer no puede aceptar de ninguna manera). Está buscando dinero (léase: evidentemente, nosotros, con nuestra situación, no podemos hacer nada, pero ¿a ti se te ocurre algo?). Pero se ha portado bien, ha sacado pese a todo tiempo para enviar un correo al chef del Walser para las prácticas de Victor (entiéndase: me llega al corazón que haga esto por Victor en el estado en que está; por más que digamos, tiene sentido de la familia). ¿Por qué todo esto me irrita a más no poder? ¿Por qué? ¿Es su tono —ese tono tan suyo, contenido y pudoroso— o es la banalidad de su percepción del mundo? Desde que mi hermana se ha implicado en la acción social, su mentalidad, ya fagocitada por Ramos, aún se ha achatado más.

Cuando miro a Nana, trato de volver a ver la muchacha que fue. Busco en los ojos, en los gestos del cuerpo, en la risa, incluso en el pelo, en suma, en todo el conjunto de cosas que conforman una persona, los vestigios de Anna Popper, flor mágica que sus hermanos exponían con cuentagotas en las noches de fiesta para reforzar su prestigio. No encuentro nada. Algunas personas cambian de manera de ser. Ocurre algo que no tiene nada que ver con las circunstancias de la vida. Tampoco con el envejecimiento o con una catástrofe orgánica. Es una modificación de la sustancia que se opera con el paso del tiempo y que escapa a la ciencia. Nana era capaz de engatusar a mi padre para que le pagara toda clase de academias, de ortofonía, de arquitectura interior, se paseaba con encantadora indolencia de unos estudios a otros, ¿no empezó también Derecho? Se la veía aspirar largos cigarrillos americanos y adoptar aires de falso enfurruñamiento con el pelo echado a un lado. La invitaban a fiestas judías, es la única de los tres que en la adolescencia frecuentó un pequeño círculo judío. *Looking for a dentist,* decía Serge. Mi padre hubiera preferido que se alistara en el ejército de Israel, pero lo del marido rico también era una opción. Y en esto sucedió lo inesperado. La atracción elemental por cuanto tiende a decepcionar las expectativas familiares hizo aparecer de la nada a Ramos Ochoa. Un izquierdoso español que procedía de una familia católica y obrera. Debo confesar que, en un primer momento, tanto Serge como yo, no diré que fomentamos –¡fomentar no es la palabra!–, pero sí aprobamos, tal vez incluso aplaudimos la aparición de aquel muchacho que llevaba un pañuelo en la cabeza (llevaba una bandana y varias pulseras) y tan radicalmente contrastaba con la pandilla de buenos hijos de familias judías que la cortejaban. El Ramos de los comienzos era más bien simpático, un poco soso, de una rigidez maoísta tamizada por el hechizo del amor. A él no le hacíamos mucho caso, pero sí nos fascinaba el espíritu de innovación que dejaba traslucir todo aquel capricho. Que Nana hubiera tenido el descaro de liarse con alguien como Ramos Ochoa la hacía sexy. Mi madre acogió a Ramos con los brazos abiertos. Llegaban incluso a hacer listas con nombres de toreros. Mi padre estaba hundido. Los primeros tiempos, cuando el muchacho parecía inofensivo, podía estrecharle la mano como compañeros de estatura (Ramos también es bajito), pero cuando se olió que la cosa podía ir en serio, se negó simple y llanamente a verlo. Al año siguiente le detectaron un cáncer de colon. Se recuperó bastante bien de la intervención, pero seis meses más tarde volvía a pasar por el quirófano a causa de una metástasis en los pulmones. Esta segunda operación, completamente inútil según otros médicos, precipitó su derrumbe. El hombre que salió del hospital después de tres semanas de convalecencia no era ni la sombra de lo que había sido. Unas piernas raquíticas sostenían un tronco absurdamente hinchado. Se movía sin fuerzas, el cuerpo escorado a la derecha, la cabeza balanceándose de un lado a otro como en una maldición. Lo llevamos de vuelta a casa Serge y yo, le dimos ánimos en el coche, le dimos ánimos en el ascensor, le dimos ánimos al abrir la puerta de su piso como si aquel umbral significara el regreso a la buena vida. Cuando vieron el cadáver, mi madre y Nana exclamaron: ¡pues no tiene tan mala cara! ¡Ya verás como enseguida te dejaremos como nuevo! Lo animaron a que fuera a la habitación en la que estaba todo preparado, el pijama limpio, la cama con sábanas limpias, el ramo de flores, las almohadas bien colocadas. Y, como una marioneta animada por todas estas exhortaciones, él se dejó desnudar, acostar, acariciar las manos y la frente sin pronunciar una palabra. Cuando estuvo acostado en su cama, apareció en el marco de la puerta Zora Zenaker, la portera que hacía años que venía a limpiar. Al ver al hombre amarillento y demacrado, exclamó: ¡ohhh, señor Popper!, y él, volviéndose e implorándole con sus brazos de crustáceo: ¡ohhh, mi querida Zora! Ella se acercó a la cama y se echaron a llorar uno en brazos del otro, ¡mi querida Zora, solo tú me entiendes!

Dos meses más tarde, mi padre moría. Y con él se extinguía el único contrapoder a Ramos Ochoa. La enfermedad había aplacado cualquier veleidad de conflicto. Nana ya no hablaba de Ramos Ochoa. Y aunque Ramos seguía existiendo agazapado en la sombra, mi padre no lo sabía. De tal modo que, a su muerte, el amante proscrito que entretanto se había hecho un sitio en Unilever pudo volver por la puerta grande del consuelo y desplegar sin obstáculos su alfombra nupcial.

¿Tenía razón mi padre? ¿Es posible que en esa actitud brusca suya hubiera un fondo de clarividencia e intuición? ¿Y cabe atribuir únicamente a Ramos el cambio en la manera de ser de Nana? Sobre este último punto soy más o menos categórico. Los cónyuges interactúan, la transmutación que de ello resulta es tan imprevisible como el rostro de su descendencia.

En el aeropuerto de Cracovia, mientras yo esperaba en el mostrador de Hertz, Serge recibió un correo del chef del Walter House. ¡Ah, ya está, fantástico!, exclamó, ¡Nana, Nana!... ¡Ya está, todo en orden! ¡Te comunico que Victor trabajará este verano en el Walser House, hermanita!

−¿Lo han aceptado?

−Ya lo ves. Aún sirve para algunas cosas, el viejo de tu hermano.

−¡Tenemos que llamar a Victor!

–Ya lo sabe. Le ha mandado el correo directamente a él, yo estoy en copia.

–Es fantástico.

–Fantástico. Va a aprender como nunca. ¡Ya sabes que es alto nivel internacional! Volverá transfigurado. En el currículum viste mucho, créeme.

Nana le dio un beso.

–Gracias, hermanito querido.

–¡En Auschwitz va a hacer 25 grados! –leyó Joséphine en su móvil–. Totalmente inaudito para principios de abril.

–Pues me he equivocado por completo al hacer la maleta... –dijo Nana.

–Los microplásticos lo contaminan todo –prosiguió Joséphine–. Según un nuevo estudio de la Universidad de Newcastle, una persona promedio ingiere hasta cinco gramos de plástico a la semana, es decir, el equivalente de una tarjeta de crédito.

–Nosotros nos la comemos en dos minutos en estado de nerviosismo –dije yo–. Que es lo que voy a hacer si el tipo continúa mirando la pantalla.

Serge dijo: quizá tenga tiempo de tomarme un omeprazol.

El coche era un Opel Insignia color burdeos. Conducía yo. Serge de copiloto y las chicas detrás.

–Pon el aire –ordenó Serge.

–¡Un segundo!

–Gira a la derecha.

–Ya sé salir de un parking.

–Has puesto el desempañador. ¿Dónde está el GPS...? Exit. ¡A la izquierda! ¿Qué haces? No es esta barrera, pon la mano al revés, mete el ticket debajo de la flecha, ¡eso es! ¿Dónde está el GPS? Menú...

–Déjalo, da igual.

–No da igual. Quiero poner el GPS. ¿Y ahora por qué está en inglés, este idiota?

–¿Por qué estás tan nervioso?

–Es el calor –dijo Joséphine.

–A mí el calor no me afecta. No voy a permitir que el clima me importune. ¡¡Adelanta a la camioneta!!

–¿No quieres ir delante, Jo? ¡No hay nada peor que tu padre de copiloto!

Serge toqueteaba el GPS de forma insoportable.

–No reconoce Auschwitz. ¿Cómo es en polaco? ¿Cómo se escribe?

–O-ś-w-i-ę-c-i-m.

–Coge dirección Katowice.

–Ya sé leer.

–Aquí detrás nos estamos congelando –se quejó Nana.

Joséphine exclamó: ¡pon el ventilador!

–No se puede regular el aire.

–Apágalo todo. Tengo hambre, para si ves un restaurante.

En la autopista, Serge empezó a explicarnos la masacre de Katyn a gritos a causa de las ventanillas bajadas.

–¡Déjalo ¡No se oye nada con esta ventolera!

–¡Pero si no queréis el aire!

–Se te va a hacer duro, tío Jean –dijo Joséphine–. Entenderé que te tires por la ventana.

La carretera, vacía, discurría a lo largo de unas florestas. Los troncos largos y muy pegados me recordaron los bosques de las películas rusas, *El bosque de los abedules* de Wajda, un misterio denso, opaco. El sol tan solo iluminaba las copas. Me acordé de los bosques ondulantes y sublimes de Sobibor que salen en *Shoah*. Las imágenes de la película de Lanzmann han forjado un territorio mental, una región de naturaleza frondosa e impávida. Yo conducía por esa región.

El hotel Impériale es un edificio alargado de tres pisos que podría encontrarse a la vuelta de cualquier paisaje suburbano del mundo. En cambio, son pocos los hoteles bordeados de vías férreas que lleven a un campo de exterminio. Una de ellas, una pequeña vía abandonada y comida por las hierbas que crecían entre dos muros bajos, quedaba justo al pie de nuestra habitación. La visión nos pareció tan incongruente que Serge y yo fuimos a recepción a que nos lo confirmaran. Estaba anocheciendo. Según la «hoja de ruta» de Nana, al día siguiente íbamos a visitar, en ese orden, el campo I y el campo II. Antes de cenar, salí a dar una vuelta con las dos chicas. Caminamos a lo largo de otra vía, luego por unas carreteritas con casas dispersas, construcciones bajas y coloridas. Nana avanzaba con excesiva lentitud, la chaqueta doblada en el brazo, el bolso rojo de turista tapándole la camiseta. En los pies, unos botines de tacones anchos y demasiado altos. Había engordado de piernas. Todo el cuerpo se le había hecho más grueso. ¿Qué había sido de aquel cuello flexible e indolente? Era una señora vestida de falsa jovencita que caminaba a lo largo de los muros cubiertos de reja y tenía calor. Encogido el cuerpo y encogida el alma. Delante de nosotros, una Joséphine pintarrajeada fisgoneaba con sus greñas alocadas. También ella con botines, un modelo de cowboy en piel de serpiente de imitación que la propulsaba hacia delante. Una chica alta de constitución invencible que se abría paso por la calle desierta al acecho de quién sabe qué, tratando de ver a toda costa (quién sabe qué) por los agujeros de una cerca. No hacía mucho que yo había estado en una boda. Las chicas bailaban. Eran fuertes, recias. Están hechas para durar, pensé, para dar a luz, para ser estrujadas y resistir. Había visto a mi amigo Jean-Yves observarlas sentado a horcajadas en una silla, y a otros amigos del padre, semiviejos que también se habían quedado en la estacada, y noté que los desesperaba. ¿Qué hay?, preguntó Nana. Pero Joséphine estaba lejos, malgastando su energía compacta de una acera a otra. Y cuando Nana pegaba la nariz a las mismas ranuras, a los mismos arbustos, decía: no hay nada, decepcionada, poniéndome por testigo, como si en las parcelas silenciosas de la periferia de Oświęcim hubiera habido quién sabe qué por descubrir.

Se había sentado a una mesa de fuera, bajo el toldo del comedor que había al final del parking. Estaba terminándose un sándwich caliente de jamón y queso mientras hablaba por teléfono. ¡Papá, vamos a cenar dentro de una hora!, exclamó Joséphine. Él le hizo señas con cara de odio para que no entorpeciera la conversación. Las mujeres subieron a su habitación. Puede que aún tengamos otra vía para lo de Montrouge, me dijo Serge al colgar, en la vida me he comido un sándwich tan grasiento.

–¿Por qué comes un sándwich de jamón y queso antes de cenar?

–Tengo hambre.

–Si has comido una ensalada hace una hora.

–Me apetecía un sándwich caliente de jamón y queso. Puede que Chicheportiche tenga acceso al inspector de la Dirección de Urbanismo.

–¿Es mejor que el alcalde?

–El alcalde depende de estos tíos. Los procedimientos cambian cada cinco minutos. Podríamos conseguir una autorización especial para construir encima siempre y cuando el municipio no esté sujeto a un esquema de coherencia territorial. No me preguntes qué significa. Un montón de miedos que se transforman en el Código de Urbanismo. Chiche sabe cómo moverse en estos asuntos. En cuanto a Victor, sigue sin dar noticias.

—¿Lo has llamado?

—¿Tú lo has llamado alguna vez? ¿Has podido hablar con él directamente? ¿Ni que sea una sola vez? No ha leído la carta. Le da igual. No sabemos dónde tiene la cabeza, este chico. En sus salsas. En sus tatuajes. Parece que se ha hecho más en el otro brazo.

Serge mira el parking, donde acaba de entrar un autocar. De él bajan como pueden una serie de personas impedidas por su equipamiento. Se repliega sobre sí mismo. Una camisa de rayas demasiado estrecha hace que se le marque la tripa.

—¿Estás a gusto en casa de Seligmann?

—No. Y encima es un mal número de calle: veintisiete.

—¿Y qué haces?

—No pasa nada. Estoy en un cuarto piso. Por separado, el dos y el siete son buenos. Hago una disociación mental. Dos más siete más cuatro igual a trece. Número de la suerte.

—¿Y la agente inmobiliaria?

—No. No, no. Es muy esporádico.

—O sea que sí.

—Tiene sus virtudes...

—No me cabe duda.

—Se cree que aún vivo en casa de Valentina, por supuesto.

—Por supuesto.

—¿Te apetece una Zywiec?

–No, gracias.

No me atrevo a inmiscuirme en el asunto de Valentina. ¿Qué sentido tiene, por otra parte? Me parece que todo sigue por desgracia como estaba.

–¿Conoces a algún polaco que no sea judío? –dice.

–Déjame pensar.

–Cuando bebo una Zywiec siento que soy pariente de los polacos... ¿Cómo es el polaco? Come deprisa y como un cerdo. Busca saber quién es. Necesita al diablo para existir. Soy yo.

Auschwitz, u Oświęcim, si uno quiere ser amable, es el lugar con más flores que he visto en mi vida. En toda mi vida. Todas las farolas están revestidas de una crinolina de flores, cada quince metros te encuentras corolas de varios colores que rebosan de las jardineras, unas estatuas florales en forma de esquimal se pavonean en las plazas, por no hablar de los miles de arbustos y macetas. El alcalde debió de pensar: adorna con flores, compañero, adorna con flores, tu ciudad se llama Auschwitz, ¡adorna, planta, poda, limpia, colorea, repinta las paredes! ¡Haz rutilar tu campanario turquesa, saca brillo a tu sinagoga, convierte tus calles en un jardín! En una fachada, un Juan Pablo II hecho con plantilla de estarcir dice dentro de un bocadillo: *Antysemityzm jest grzechem przeciwko bogu i ludzkosci.* El judío es buen abono, tradujo Serge. Delante de un centro de fitness, parodió la pose con las caderas ladeadas del hombre del cartel, un calvo sonriente y casi desnudo con unos músculos aterradores. Fue allí donde nos fijamos en su calzado. Hala, papá, ¡si te has puesto las botas del Vieux Campeur!

–Pues claro.

Había anochecido. En el restaurante, nos inclinamos

por cenar en la terraza. No sin discusión, porque los hombres no querían estar en un sitio cerrado y las mujeres temían los mosquitos. Ganaron los hombres. En el Impériale nos habían dicho que el Porto Bello era el mejor restaurante de Auschwitz. Un italiano sin la menor oferta de pasta y donde el plato estrella era el *polish pork mit roll*. Después de pedir un risotto, un club-sándwich de pollo y unas pizzas (cada cual tomó una cerveza distinta para probarlas), Joséphine nos habló de sus problemas sentimentales. Le gusta un tal Ilan Galoula pero le parece demasiado sosaina. Antes de nuestro viaje, él le anunció que no acababa de ser feliz con una chica tan bipolar. Pensaron en dejarlo por un tiempo. Ella se lamentó de no poder ver la continuación de *The Crown,* que empezaron juntos. Si ha seguido viendo *The Crown* sin mí, significa que se ha terminado, declaró. Mira tranquilamente *The Crown,* dijo Serge, no puedes ser feliz con un tunecino.

—¿Y por qué?

—Porque así es como funcionan las cosas.

Joséphine rió y contó luego la historia de las botas. Nos la sabemos todos, claro está. Pero nos gusta oírla de nuevo. En la época en que Serge vivía con Carole y Joséphine, Carole y una pareja de amigos, los Fouéré, habían organizado una estancia en el Macizo Central. Los cinco fueron a equiparse de calzado al Vieux Campeur. Como os podéis imaginar, primero nos ocupamos de papá, dijo Joséphine. No se había puesto unas botas de senderismo en la vida.

—¡Pero qué dices! ¡Si me pasé la infancia yendo de campamentos!

—Bueno, digamos que no se había puesto unas botas de adulto. Se probó siete u ocho pares. Las primeras pesaban demasiado, las otras eran demasiado rígidas, no le gustaba el color, se quejaba de que los dedos le llegaban a la punta, notaba que algo le rozaba en el lado, se sentía atrapado como en una armadura, se le cortaba la circulación, le había salido ya una ampolla, etc.

–Sí, es importantísimo sentirse cómodo en la tienda –dijo Serge–. Los tipos te dicen: se van a ablandar, la piel se dará, no, no, no, no, la piel no se da. Si te vienen mal en la tienda, luego aún será peor. Es una ley.

–A cada nuevo par, papá subía y bajaba por la minicolina de la tienda, de un metro de alto, diseñada para comprobar la adherencia de las suelas. Al final, al cabo de una hora, cuando la vendedora estaba a punto de suicidarse, se decidió por estas Trekking de montaña flexibles que podemos admirar esta noche... Papá se pone los zapatos con los que había ido y la vendedora, que ya no podía más, se ocupa de atender a mamá y a Nicole Fouéré. De repente se oye un estruendo descomunal. La estantería mural que había enfrente se había derrumbado con todos los modelos de exposición. Gritos en la tienda. En el suelo, en medio de decenas de zapatos, papá. En la vida he pasado más vergüenza. Para matar el tiempo, se había dicho: va, voy a probar mis mocasines de ciudad en la minicolina. Afrontó la ascensión a pasos muy pequeños, con una precaución infinita. Llegado a la cumbre, y distraído por el éxito, se despeñó inmediatamente, arramblando con sus movimientos de pánico cuantos estantes quedaban a su alcance.

Nos sabemos la historia de memoria, pero siempre nos reímos.

–No sé esperar –suspira Serge.

También él disfruta oyéndola de nuevo. Le gusta ser el protagonista de una fábula bufonesca. A los hombres les gusta tener protagonismo, da igual en calidad de qué. Jo-

séphine lo rodea con el brazo y le da un beso. Él se deja
hacer, confundido, un poco sonrojado y tenso. ¡Mi papaíto!, dice ella. Él ríe como un tonto. No sabe cómo gestio-
nar esta alegría impúdica. No tarda en hablar de cervezas.
¿Qué tal la Lech?

—Agradable.

—Déjame probar... No está mal. A la Tatra le falta carácter.

—Pues a mí mi Okocim me gusta —dice Nana.

Serge dice: ¿y si pedimos una negra para ver qué tal?

A nuestro alrededor, algunas mesas ocupadas por
americanos o polacos. No hay mucha gente. El Porto Bello no debe de estar en la ruta de los autocares. Brindamos.
Joséphine hace una foto de los tres Popper. Nana posa entre sus hermanos. Parecemos contentos y viejos.

Digo: ¿qué ha sido de los Fouéré?

—Envejecen la mar de bien —contesta Serge—. Se han
comprado un perro japonés. Al principio lo llevaban en
una carretilla para que no se le deformaran las patitas.

—Qué monos —dijo Jo.

—Para su perro son papá y mamá. Mamá te va a rega-
ñar, papá te ha dicho que en el sofá no.

—Están en su derecho —dice Nana.

—Por supuesto.

—La gente tiene derecho a vivir como quiera.

—No digo lo contrario.

A media cena, Serge recibe una llamada de Victor.

—Ah, aquí está... ¡Victor! ¿Qué, has visto...?

Victor no ha visto nada. Serge nos lo hace saber con
un gesto. Pone cara jovial, se prepara para anunciar la
buena noticia.

—Bueno. Pues ya está, amiguito, este verano tienes trabajo en un cinco estrellas... ¡Lo que oyes! Ay, si miraras el

correo sabrías de qué te hablo... Le dijiste a tu madre que no habías recibido respuesta del chef del Walser, tomé cartas en el asunto, insistí ¡y el tipo te ha cogido! Ahora date prisa en contestar y dar las gracias. De paso también puedes darme las gracias a mí, si te sale... En Polonia. En Auschwitz... ¿Cómo?... ¡¿Cómo?!... ¡Ya no le interesa!, nos informa Serge en un aparte con cara de estupor y de reprobación especialmente dirigida a Nana.

–¡¿Que ya no te interesa?!... ¡Habla normal! ¡Habla normal, Victor!... ¿Un *fast food fusion?* ¿Y eso qué es?... No entiendo nada, no sé qué es un *bao* ni lo otro que has dicho, no conozco esas cosas... ¡Un proyecto personal! –Pone cara de estupefacción para nosotros–. ¿Y eso qué se supone que es? ¡Aún te sorbes los mocos y me hablas de proyecto personal...! ¡Pero si tienes toda la vida para embarcarte en tus tonterías personales, jovencito...! ¡Porque tu madre me puso presión...! Remuevo cielo y tierra, te encuentro el curro que va a abrirte todas las puertas, ¿y vas tú y me dices que tienes otros planes?

–Yo no le puse presión –dice Nana.

–Escúchame, Victor, escúchame bien, si este verano no vas a trabajar al Walser House, ya puedes olvidarte de mí. No cuentes nunca más conmigo para que te ayude en cualquier cosa, ¿me oyes?... ¡Eso es, muy bien!

Tira el móvil sobre la mesa. Nana lo coge. ¿Victor? Pero Victor ha colgado.

–Ya no le interesa –dice Serge con voz plana y triste–. *Bao* de Périgord... ¿Qué es esta historia absurda del *fast food* que va a arruinar a su padre, que además no tiene un duro?

–Yo no te puse presión.

–Sí. Todos me pusisteis presión.

Vació su copa. Luego siguió un silencio incómodo.

–Me ha quitado el apetito, este imbécil. ¿Yo me dejo la piel y durante este tiempo el niño tiene un proyecto personal? ¿No crees que tendría que haberme llamado para decirme: tío Serge, tengo un proyecto personal que quizá ponga en marcha este verano?

–Un *fast food fusion* es una buena idea –dice Jo.

–¡Ahora resulta que ella también sabe lo que es! ¿Qué va a pensar de mí el chef?

–Ha tardado dos meses en responder –tercia Nana.

–¡Pues claro! ¿Qué te crees? ¿Que el tipo no tiene nada más que hacer? Ya es muy amable por su parte que se haya encargado de hacerlo personalmente.

–No tendría que haberte pedido que insistieras. Es culpa mía.

–Deja de sobreprotegerlo. Este niño es un malcriado. No tiene ningún sentido del prójimo. Eso es lo que le pasa. ¿Sabes cómo ha reaccionado? «Ya no estoy disponible.» En un tono relajado a más no poder. Nada de «lo siento», nada de «muchas gracias, tío, pero...». No, nada de eso. *Ya no estoy disponible.* Un ministro.

–Se disculpará.

–No necesito disculpas teledirigidas.

Estábamos tumbados en camiseta y con las piernas al desnudo en nuestras camas, separadas por una mesilla de noche. Era yo quien tenía el mando de la tele. CNN, Bolsonaro, una gente en huelga en Varsovia, un *¡Mira quién baila!* polaco, una previsión meteorológica polaca...

–¡Cambia! ¿Por qué te paras ahí?

–La chica es mona.

Un telefilme, un programa de variedades, un partido de fútbol...

–Łódź-Białystok, ¡menudo coñazo! ¿A quién le interesa?

–A mí.

–Trae el mando, ¡*Rambo III*, deja, deja!

–Es malísima.

Apagué.

–Me apetece leer.

–Tienes *knickers* en el minibar –dijo Serge.

–¿Confías en Chicheportiche?

–Para nada. ¿Qué lees?

–*Los hundidos y los salvados*, de Primo Levi.

–No lo he leído.

–Yo tampoco.

Hubo un momento de silencio.

–No puede decirse que hiciéramos muchas preguntas –dijo Serge.

–No.

–A ninguno de los dos. Ni la más mínima curiosidad.

–No.

–En realidad nos daba igual.

Estuve sopesando la palabra y dije *sí*. Era verdad. Nunca creímos que tuviéramos que preocuparnos por la historia de la familia. Por otro lado, ¿no imponían nuestros padres el silencio sin decirlo? ¿A quién le interesaban todas esas historias antiguas? Quizá a papá le habría gustado que sintiéramos curiosidad, dije.

–Es posible –dijo Serge.

De vez en cuando pienso en mi padre y me entra una especie de ternura. Es posible que sea otra de esas nostalgias de uno mismo y del tiempo pasado. Cuando vi *Shoah*, hubo una escena que me hizo pensar en él. Una similitud que nada tiene que ver con la historia y su gravedad. Lanzmann interroga al peluquero Abraham Bomba,

88

encargado de cortar el pelo a las mujeres judías y de tranquilizarlas antes de que entraran en las cámaras de gas de Treblinka. Filmado en su salón de peluquería de Tel Aviv, Bomba describe minuciosamente todo el proceso con una voz estentórea y muy lenta. Durante ese tiempo, con no menos minuciosidad, le corta el pelo, cabello a cabello, milímetro a milímetro, a un hombre de unos sesenta años que se esfuerza por estar imperturbable, prisionero hasta la barbilla de una capa amarilla (¿quién es ese cliente que ha aceptado ese papel? Al cabo de un rato, uno solo lo mira a él). Cuando recuerda la llegada inesperada de amigos de su pueblo, Bomba ya no puede hablar. Sigue aplicándose a las tijeras en silencio, se seca la cara, los ojos... Lanzmann le dice que no pare. Bomba contesta que no puede. Dice *No prolongue eso, se lo ruego.* Pronuncia estas palabras con un tono normal, quiero decir en términos de volumen sonoro. Entonces me doy cuenta de que declama y corta sus frases para estar seguro de penetrar en la cámara y en el micro. No confía en la técnica. Es como nuestro padre, que volvió a casa con una Canon 814 de Super 8 metida en una bolsa en bandolera. Pese a las horas pasadas en la rue Lafayette, en la Maison du Cinéaste Amateur, creía que debía además ayudar al material cinematográfico obligando a la gente a que se moviera sin parar y a que hablara lo más alto posible. Esta ingenuidad de Abraham Bomba que me recordó a mi padre me conmovió más que su relato.

Serge se levantó para dar la vuelta a la pantalla de la lámpara que había en la consola. La costura (o el sellado) vertical de una pantalla no puede encontrarse nunca dentro de su campo de visión. No soporta esta ruptura en la armonía. Dondequiera que esté, y sin que le importen la acrobacia o el ridículo, su cabeza no descansa tranquila hasta que ha operado la corrección. Luego rebuscó en su maleta y volvió a la cama con *El blasfemo* de Singer. Cada cual se había llevado su fragmento de historia judía.

Estuvo un rato mirando fijamente el techo y dijo: no va a llegar muy lejos, este Victor.

No había dormido en la misma habitación que él desde la adolescencia. Serge dormía acurrucado de cara a la pared que daba al cuarto de baño. Al volver de hacer un pipí, sentí sigilosamente el impulso de meterme debajo de sus sábanas y de pegarme a él como hacía en Corvol, asustado en la soledad del dormitorio. Ni siquiera se despertaba y nos dábamos la vuelta juntos, como unos amantes. Un día, de repente, los hombres envejecen y se alejan.

El silencio es total en este Impériale. En Primo Levi se habla una y otra vez del frío. Incluso en un libro que se presenta como una reflexión y no como un testimonio, aparecen el frío, la lluvia, la nieve. Mañana no habrá ni frío ni barro ni invierno. Lo lamento como cualquier otro turista lamenta no realizar su visita en las mejores condiciones.

Un día radiante, como estaba previsto. Unos israelíes envueltos en su bandera forman una especie de corro en medio de los autocares.

Al amanecer, apretujados en la multitud que se congrega en la entrada señalizada del campo I, ya discutimos. Yo no soy la responsable de este viaje, se altera Nana, a quien reprochamos que tengamos que hacer cola, vosotros sois tan responsables como yo.

–¡Enséñale la hoja de ruta a la señora!

Pero todo el mundo quiere pasar delante porque todo el mundo ha reservado y se cree con prioridad. Nos ponen en una fila un poco más dinámica (ganamos un metro cincuenta). Barreras, pasaportes, arco de seguridad. La mayor parte de los hombres van en pantalón corto, las mujeres también. Buscan su grupo. Cuando salimos del edificio, otros israelíes envueltos en banderas deambulan por la explanada arbolada. En el quiosco compramos dos guías del campo de las que se apropia Joséphine. Nos dirigimos al acceso, descubrimos el *Arbeit macht frei*, el portal infantilmente arqueado debajo del cual posa una clase y que el siguiente grupo espera poder fotografiar. Al otro lado, los edificios de ladrillo de la caserna. Árboles altos (¿cuánto tiempo llevan aquí?), hierbas en los márgenes. Los postes electrificados, el alambre de espino. Estábamos en Auschwitz.

Nuestro primer impulso ha sido dirigirnos allí donde nos parecía que había poca gente, de modo que hemos ido directos a la cámara de gas. Una curiosa construcción baja, siniestra, apartada. La gente, abatida y en silencio, no para de salir (¿de dónde venía esa impresión de que no estaba concurrida?). Entran unos grupos salidos de una avenida trasera. Nos colamos entre ellos, menos Serge, al que invade la claustrofobia. La sensación de opresión es inmediata. Sumidos en una cueva oscura, pegados a gente vestida casi como quien va a la playa, con tops, deportivas de colores, pantalón corto, monos cortos y vestidos de flores, nos dirigimos bajo un techo bajo hacia la estación macabra. Por la reja tosca de una abertura, en un hilo diminuto de sol y polvareda, distingo a Serge fuera, con su traje negro, dando vueltas sobre sí mismo mientras observa entrar a los grupos, azotando la tierra seca con sus botas de montaña. He perdido de vista a las chicas, atrapadas en la marabunta.

Cruzamos la sala de gaseado, cuyas paredes están repletas de marcas de arañazos que todo el mundo fotografía, cruzamos la sala de cremación, vemos detrás de un cordón los hornos, los raíles, las vagonetas metálicas reconstruidas a partir de materiales originales (lo he leído en el cartel al salir) y salimos aspirados por la luz y la frondosidad de los árboles.

Con el rostro descompuesto, Nana le dice a Serge: tendrías que entrar.

–No puedo estar en medio de una multitud.

–Lo de las marcas de los arañazos en las paredes es inenarrable.

Serge ha encendido un cigarrillo. Joséphine se ha sumado a nosotros.

–Lo de las marcas en las paredes es terrible, ¿no? –dice Nana.

–Terrible –dice Joséphine mientras toma algunas fotos del exterior del crematorio.

¿Van a decir *terrible, inenarrable,* etc., cada dos por tres?, me pregunto. Decido no dejar que me pongan de los nervios demasiado deprisa. Nos adentramos en el recinto del campo.

La idea principal de este periplo –todavía me cuesta hacérmelo mío– era, por decirlo con la compunción de nuestra época, ir a la tumba de nuestros antepasados húngaros. Gente a la que no habíamos conocido, de la que hasta entonces nunca habíamos oído hablar y cuya desgracia no parecía haber trastocado la vida de nuestra madre. Pero eran nuestra *familia,* habían muerto por ser judíos, habían conocido la suerte funesta de un pueblo del que llevábamos la herencia, y en un mundo ebrio de la palabra *memoria* parecía una deshonra lavarse las manos. En todo caso fue así como entendí la febril implicación de mi sobrina Joséphine. Intentaba recordar los lazos que ella había podido crear con nuestra madre. Nuestra madre se había esforzado en no ser el eslabón de ninguna cadena. Joséphine, con el pelo recogido en forma de piña, parecía movida por el deseo contrario. Al pasar por delante del bloque 24a, cuando aún no habíamos neutralizado sus veleidades de exploradora, nos informó de que se trataba del burdel; luego comentó el cartel sobre la orquesta del campo. ¿Te has puesto pestañas falsas incluso en un día como hoy?, dije. Son permanentes, contestó.

Los árboles me tienen obsesionado. Los hay por todas partes. Bien plantados, bien alineados. El césped también me resulta perturbador, todos esos parterres alargados y cortados de forma impecable. El gran roble de la entrada ya debía de existir. ¿Qué altura podía tener en tiempos del campo? Los demás, esas presencias amables y decorativas, los plantaron luego. ¿Quién lo hizo? ¿Con qué propósito? Hay que hacer un esfuerzo mental para que la representación del *Todeslager* coincida con el decorado por el que nos movemos. Siento la misma decepción que cuando veo uno de mis cuadros favoritos en los libros.

Deambulamos los cuatro cada uno a su aire por las avenidas. Nos preceden dos chicas en pantalón corto con estampado de flores. Sus colas de caballo se balancean a cada paso. Me siento más cerca de estas chicas, pienso, que de los israelíes que se han hecho una toga con su bandera. Esta cosa *kitsch* nacionalista me exaspera. Tenemos que pelearnos con Serge para que acceda a entrar en los bloques 4 y 5, que constituyen el Museo. Una marabunta. Nos sofocamos mientras avanzamos a duras penas por unos pasillos organizados como un circuito. Hace dos intentos abortados. Joséphine lo intercepta en la escalinata. Papá, haz un esfuerzo. No has venido aquí para darte un paseo.

–No puedo estar ahí dentro.

–Inténtalo, papá.

–Conozco todo esto, ya lo he visto.

–Ven conmigo. Por favor.

Lo tira de la mano. Él se deja arrastrar hasta la cola, aguantando la agobiante cercanía en la que flotan efluvios de crema solar. Cuando llega a la altura de Nana, del otro lado de la cinta, dice, abrumado: ¿qué quiere de mí? Pero ¿qué quiere de mí esta niña?

SS con metralleta, personajes armados con porras, perros: todos arrojan bajo tierra a los condenados. Los centenares de figuritas blancas de la maqueta de los crematorios de Birkenau se apilan en el vestuario alargado y en la cámara de gas. Pasamos en silencio (¿y con qué ideas en la mente?) por delante de las vitrinas de férulas, corsés, gafas, vasos, escudillas, tazas, jarras, mar profundo de conchas coloreadas, maletas, zapatos (ya se usaban las plataformas, dice Nana delante de un botín separado del resto), cepillos para el pelo, cepillos de dientes, latas de betún, innumerables objetos silenciosos e íntimos que no contaban con ser algún día objetos de museo. Y, sin saber si es la metamorfosis o el gigantismo lo que nos turba, nos detenemos delante de los cabellos que ocupan todo el espacio al otro lado del cristal y que uno nunca diría que son cabellos, los últimos restos humanos protegidos por los científicos para que no se convirtieran en polvo, y que nada destinaba a convertirse en esta masa alborotada y gris de cáñamo, en este nido interminable.

Serge y yo estamos sentados en los bordes de piedra que hay a ambos márgenes de las escaleras del bloque 10. El edificio está cerrado al público. Joséphine nos leerá en su folleto que era el de los experimentos médicos. Serge fuma. Las chicas vuelven del baño. Joséphine dice que el bloque de los baños es el del pabellón húngaro, pero que hay que entrar por el otro lado. Dice que la exposición francesa está al lado. Pregunta qué preferimos: ¿ver primero la exposición francesa o ver primero la exposición húngara? Ella sugiere ver primero la exposición francesa. Pero de todas formas, dice, antes tenemos que visitar la prisión, el bloque 11, el bloque de la muerte, que es el peor de todos, porque era el bloque de las torturas y del paredón de ejecuciones. Le dice a su padre que no cree que se pueda fumar en el campo, que lo ha leído en el vestíbulo de la entrada. Es alucinante, dice, ¡en los lavabos hay un cambiador de pañales! ¿Tú crees que la gente viene aquí con bebés? Dice que cientos de mujeres sirvieron de cobayas para experimentos de esterilización en el bloque en el que estamos sentados. En 1943, nos lee, el ginecólogo alemán Carl Clauberg...

–¡¿Quieres parar, Jo?! ¡Nos tienes hartos!

–¿Qué te pasa? Nos agotas, es verdad.

–Intento dar un poco de dinamismo a la visita.

–Pues pierdes el tiempo.

–Son unos idiotas –dice Nana.

–¿No tienes calor, papaíto, con ese traje?

–Sí. Pero en Auschwitz no me quejo.

Me está dando un infarto, me dice Serge en el patio del paredón de ejecuciones, noto una opresión en el pecho y estoy mareado. El patio está a rebosar. Apenas sale un grupo, llega otro. Por la puerta lateral del bloque 11 entran y salen tropeles de gente medio desnuda y con auriculares. Una ofensiva sin fin. Es imposible acceder al bloque. Salgamos de aquí, digo. Lo agarro por el hombro y trato de llevarlo fuera del patio abarrotado mientras Nana dibuja grandes gestos para atraernos al interior de la prisión. Caminamos deprisa bordeando los edificios. A ras de los muros rojos, de los respiraderos. En realidad es él quien camina deprisa mientras rebusca en los bolsillos. Digo: si puedes caminar a esta velocidad es que no tienes ningún ataque al corazón.

–Tengo la mandíbula hecha un bloque de cemento, es un síntoma.

–¡Qué va!

–Noto un hormigueo.

–Para un momento.

–Creo que me estoy volviendo loco. Ayer, mientras cruzaba, la rue Marinoni se invirtió.

–¿Qué buscas?

–El Xénotran.

Encuentra el blíster. Se toma dos pastillas azules. Se enjuga con un pañuelo de tela. Digo: quítate la americana, te estás asando con este traje.

–Ni hablar.

A nuestro alrededor, un espacio vacío bordeado de construcciones bajas. Nos sentamos en un rinconcito de sombra, casi al sol, en un reborde de piedra. Se oyen los pájaros.

Al cabo de un rato dice: si algún día me vuelvo loco, me matas.

–Te lo prometo.

–Si me falla el cuerpo, me matas. Un cáncer, un derrame, lo que sea, tú me matas.

–Ya me dirás en qué momento.

–Inmediatamente.

–¿Fumas con un infarto?

–Cállate la boca.

Delante tenemos la garita de recuento. En lo alto del tejado hay una fina veleta de metal. Me acuerdo de los relatos de esperas interminables de pie, con harapos bajo un frío helado, viento y noche mortal, porque la mañana era la noche. El rótulo reza sobriamente *During inclement weather.* Esta garita no es nada, una extraña cabaña forestal de madera. Una mujer asiática en poncho de verano y zuecos de goma con agujeros, como esos que se ven en la playa, se ha apartado de su grupo para posar delante con su palo de selfi. Ha fabricado una media sonrisa amable de la que va perfeccionando la dosis según las tomas.

Esta garita no es nada, me digo, y tampoco esta plaza en la que hubo tantos esqueletos petrificados.

Me suena el móvil. ¿Dónde estáis?, pregunta Nana.

–Por ahí.

–Nosotras salimos de la prisión. Es atroz.

–¿Ah, sí?

–Como nichos. Te morirías de la asfixia. ¿Cómo pudieron los hombres hacer eso? Es inconcebible.

–No, es concebible. Y todavía se hace, ya lo sabes.

–¿Por qué eres tan desagradable?

–Date una vuelta por Siria o Pakistán. ¿Ahora adónde vais?

–Al pabellón francés. Bloque 20.

–Nos vemos allí.

–¿Adónde van? –dice Serge.

–Al pabellón francés.

–Qué frenesí.

¿Es de día? ¿De noche? La nieve ha dejado su rastro por doquier, en las traviesas del ferrocarril, en los terraplenes. Recubre el tejado negruzco con cientos de puntos blancos como un encaje geométrico. En una sala oscura de la exposición francesa, proyectada a gran tamaño en una pared, esta foto del portal de acceso a Birkenau, un crepúsculo en blanco y negro de tintes rojizos, hecha desde el interior del campo en medio de las vías. A la altura del cielo y del puesto de guardia acristalado, el espacio está tachado por cables eléctricos y alambre de espino. A lo largo de este pentagrama siniestro puede leerse en letras blancas, brillantes y glaciales como la propia diapositiva: *«Vernichtungslager.» «Tú que sabes alemán, ¿qué significa?» «Nicht es nada, nihilo. Hacia la nada. Significa campo de aniquilación.» En Charlotte Delbo, El convoy del 24 de enero.*

En una sola imagen, la alegoría de la desolación arrolla al visitante. Superioridad de las imágenes sobre lo real. Lo real requiere de una interpretación para seguir siendo real.

Joséphine trata de abarcar con el visor la pared entera.

Serge se empeña en no ir a nuestro ritmo. Lo alcanzamos delante del ordenador que contiene los nombres de los deportados franceses. No ha encontrado a nadie. Ningún Malkovsky corresponde a Sacha, los Hopt son de Lyon, Armand Alcan, el abuelo de Jacky, no figura. Esta base de datos es una mierda.

—Pon Mathilde Pariente —pide Nana.

Serge deja libre la pantalla y se va.

—¿Qué le pasa? ¿Está enfadado conmigo?

—Qué va.

—Desde esta mañana que no me habla.

—Yo también tengo a alguien —dice Joséphine.

Es un juego. También yo busco algunos nombres, nombres de judíos franceses. Encuentro varios, pero no estoy seguro de que correspondan a los que yo conozco. Siento casi una decepción.

Acuérdate, pone en el cartel. *Acuérdate. Cerca de setenta y cinco mil judíos, de los que más de once mil eran niños, fueron deportados desde Francia.* Entre las dos salas se oye un curioso ruido de tren... (quienes concibieron el espacio debieron de decirse: dramaticemos discretamente la visita con un ruido ferroviario). Decenas de fotos de niños, sus nombres, las fechas, su historia en cinco líneas, Martha y Senta, las hijas de Izieu con su bonito abrigo de botones dorados, Bernard Edelstein, 37 rue Mathieu, Saint-Ouen, Édith Jonap, internado de Limoges, Simon Abirjel, 15 rue Clavel, París XIX, Lucien, arrestado en Vouvant, en la Vendée... Les miras la cara, ves el nombre, el peinado pulcro, observas que nada en su actitud prefigura su corta existencia, lees su número de convoy, te invade el sentimentalismo, casi podrías decir, como tu hermana, que es *inenarrable,* pides perdón a esos fantasmas bajitos (por el resto de la humanidad) y te sientes mejor durante tres minutos, pero cuando salgas al sol, cuando vuelvas al coche, ¿de qué te vas a acordar? Y aunque te acordaras, ¿qué?

Fuera, llamada de Paulette. Maurice ha resucitado. La noche anterior celebraron el cumpleaños de la enfermera de la tarde.

–Celebramos los treinta años de Yolanda –dice Paulette–, que es la niña de sus ojos, ya lo sabes. Estaba Maddie (la tercera mujer de Maurice) y subieron el portero y la portera. Pues bien, aunque no te lo creas, Maurice se tomó su copita de champán, no quiso el sándwich de sal-

99

món pero sí le gustó la hoja de col rellena, ya no le gusta el salmón, ¿ya no te gusta el salmón, Maurice? Dice que no, que ha cambiado de gustos, te lo paso. Ya verás, aún no habla con fluidez pero vamos por buen camino. ¡Te paso a Jean!... ¡Jean! –grita.

–¿Sí?

–¿Maurice? –digo (o grito).

–¿Eres tú?

–Sí, soy yo, Maurice.

–Ah, menos mal... –(ruidos vehementes de expectoración)–. ¿Te acuerdas de las gitanas que entraban en el... en el oulipol?

–¿En el «oulipol»?

–El ouli... el oulibolshói, sí... por, porque... –(me parece oír algunas palabras en ruso)–... ¿Te acuerdas de ellas?

–Sí, me acuerdo.

–Estupendo. Porque yo no creo que llegue a ver mi alma.

–No.

–Jajaja.

–Jajaja.

–Está mejor, ¿no? –dice Paulette, que ha vuelto a coger el teléfono.

–Ya lo creo.

–Quiere volver a conducir, es buena señal.

–No para todo el mundo.

–Y eso que al teléfono no está cómodo, habría que revisar los audífonos, me parece que ya no le van muy bien, hay un cable suelto... –(oigo un gruñido)–. Sí, Maurice, ¡el cable está suelto!

–También habla un poco en ruso.

–Sí, habla en ruso. Es su lengua natal, qué quieres.

–Claro.

Maurice ha sido siempre un peligro público al volante. Un día le dije: Serge me ha dicho que tenía un poco de miedo cuando va contigo en coche.

–Qué me dices. Yo no.

–Tú no, pero él sí.

–Vaya.

–Me ha dicho que te saltaste uno o dos semáforos que no eran necesarios.

–Lo he hecho toda mi vida.

Serge me espera. Todos estos críos, dónde iremos a parar, dice, la decadencia de Europa viene de aquí. Se han cargado el alma viva de Europa. Los judíos que quedan no valen nada. Fíjate la de gilipollas que hay ahora.

–Maurice se está recuperando, deberías ir a verlo.

–Sí, sí. Tienes razón. ¿Por qué no voy a verlo? Soy un miserable.

–Siempre me pregunta por ti.

–Un desastre. Iré en cuanto volvamos.

Lo llevo al piso superior del bloque 18, donde se encuentra, con una escenografía especialmente tenebrosa, la exposición húngara. Apenas hay gente. Una pareja al fondo, dos o tres personas que van y vienen, Nana y Jo ávidamente inclinadas sobre unos atriles de plexiglás llenos de grava de ferrocarril en los que puede leerse la historia de los judíos de Hungría. El suelo está cubierto de unos montículos de granito y de piedras transparentes. En las paredes, dentro de unos marcos ovoides, se proyectan unos montajes confusos de diapositivas. En el centro de este mausoleo, un vagón conceptual hecho de plexiglás tintado. Debajo del vidrio que le sirve de soporte, unos raíles y un balasto de cristales transparentes. Serge se dirige de inmediato a una de las pocas ventanas que están sin tapar, cerca del canalla de Otto Moll, proyectado en medallón. Yo me doy una vuelta. Mira, Clauberg, el ginecólogo. Mira, Mengele y unos enanos húngaros. Y la desgraciada de Maria Mandel, la vigilante de las SS. ¡Oh, gente del gueto de Budapest! Estas mujeres en fila india y con las manos en alto. Vamos a ver: ¿hay una tía, una prima? ¿Nuestra madre? Escruto los rostros. Estoy casi a punto de advertir un parecido. También busco a Zita. Zita Feifer, de soltera Roth, cuya familia entera murió en los campos y de quien nos olvidamos después de que muriera nuestra madre. Y luego, en la confusión de las imágenes sin orden ni concierto, más y más procesiones fúnebres a lo largo de los raíles. Una mujer camina encorvada hacia un crematorio con su pañoleta, un abrigo grueso a pesar del sol y unas botas de lluvia planas. Me la quedo mirando un buen rato. Se parece a Nanny Miro, que nos cuidaba cuando éramos pequeños. Una mujer de la que en su día no sabíamos nada, salvo que era del Jura, una palabra que tampoco nos sonaba mucho, y a quien llamábamos Nanny, a la inglesa. Mujer de vida difícil y con el cuerpo hinchado, todavía siento en los dedos la tela gruesa de su abrigo.

Joséphine y Nana se desplazan como buenas alumnas de un atril a otro. Podéis leer todo esto tranquilamente en París, digo.

–Tienes razón –dice Nana–, sobre todo teniendo en cuenta que está todo en inglés.

–Papi, ¿qué miras?

–El árbol.

–¿No te interesa la exposición?

–Ni lo más mínimo.

–Podrías al menos poner un poco de tu parte –dice Nana.

–¿Por qué?

–Odio cuando te pones así. Me pones nerviosa.

–Mira estas fotos, papá.

Joséphine lo ha agarrado del brazo y lo ha llevado delante de los dos grandes paneles que cierran la instalación. Una joven originaria de Budapest, en sus carnes pero de buen ver, posa con un biquini estampado en un decorado costero con su hija pequeña y su marido. En el otro panel, apenas se tiene en pie mientras se agarra a los barrotes de una cama. Está irreconocible, desnuda, completamente en los huesos, y le faltan mechones de pelo. El pie de foto precisa que sale de Bergen-Belsen y que se llama Margit Schwartz. Un año separa una foto de la otra. La primera tiene algo de irreal. La disposición de los bañistas en segundo plano, las ramas de las palmeras proteiformes parecen un telón de fondo. Serge se queda un buen rato delante de estas dos imágenes. ¿En qué pensará? Él, que sabe ser agotador, es también un genio del silencio. Lo veo elegante con su traje. Se ha puesto de punta en blanco. Hasta las botas del Vieux Campeur son elegantes.

Me pregunto quién habrá dado esas fotos al museo. ¿La propia Margit Schwartz? Sé, porque lo he comprobado, que tanto ella como su hija sobrevivieron. ¿Y el marido en bañador oscuro? De él no se dice nada.

Otra errancia fuera por las avenidas del campo. *Acuérdate.* Pero ¿por qué? ¿Para que no se repita? Pero si lo vas a volver a hacer. Todo saber que no esté íntimamente ligado a uno mismo es en vano. De la memoria no cabe esperar nada. Este fetichismo de la memoria es un simulacro. Cuando el presidente hizo su inefable *itinerancia conmemorativa,* un taxista me hizo este resumen: «Anoche vi el reportaje de Verdún. Les dicen que tienen quince mil muertos bajo sus pies con las tripas al aire, ¡y los turistas extasiados! Van con sus niños: el abuelo luchó por ti. ¿Por mí? ¿Y cómo me conoce?, dice el chiquillo.» ¡Esas hileras omnipresentes de álamos! En invierno deben de mostrar una aridez más decente. La caserna, de planta cuadrangular, está limpia, cuidada. Es un museo. Una parcela de limbos reorganizada para el visitante de nuestros días. Un gesto noble que vuelve las cosas opacas.

Hace setenta y cinco años que las cámaras de gas se detuvieron, dice Joséphine. En noviembre del 44.

–Déjanos comer en paz un par de minutos.

Fuera, bajo el toldo del parking del Impériale, están todas las mesas ocupadas. Una clientela exuberante de polacos y americanos. Una chica nos trae los cafés. Pedimos mondadientes. No tienen. En su lugar, Nana vuelve con un puñado de galletitas. A veces pienso en hacer que me llenen los dientes, dice Serge.

–¿Qué quieres decir?

–Hacerme unos piños de mármol cipolino. Algo liso, sin intersticios. Me voy a cargar al tipo ese que grita detrás de mí.

–Relájate, papá.

–He llegado a una edad en la que matar me sentaría bien. Con un tridente. O con una daga, como las bayonetas que tenían los fusiles Lebel.

–¿Cómo es posible que haga tanto calor? –dice Nana–. ¿Es el calentamiento global? La exposición húngara me ha decepcionado.

–¿Qué esperabas?

–¿Sabíais que el alambre de espino es falso? Lo cambian cada diez años, es una imitación del modelo de los nazis.

104

–Deja la guía, Josèphe.

–Lo fabrican oscuro a propósito... Los postes son de la época pero se oxidan...

–¡Jo!

–Está llenando años de incultura –dice Serge.

–Muy simpático.

–Y ya sabe decir Auschwitz.

–Auschwitz.

–Bien. Ahora, Majdanek, Sobibor...

–Majdanek, Sobibor.

–Chelmno...

–Voy a ir a clases de judaísmo.

–Lo que nos faltaba –digo.

–No, ¡si está muy bien! Bravo, hija mía. «*Looking for a dentist...*», le digo al oído.

Serge se ríe.

–¿Qué hay? ¿Qué pasa? –pregunta Nana.

–No te hinches a galletas, papi.

–Quítame esto de delante. ¡Yo haciendo régimen y va ella y me trae galletas!

Nana se parte de risa, ¿estás de régimen? Jajaja.

–¿Quién va a financiar el *fast food* de Victor? ¿Vosotros? –dice Serge.

–Ya me dirás cómo.

–Seguro que Ramos tiene un rinconcito. ¿Debajo de una lama del parquet?

Me río (y apruebo).

–Ramos trabaja más que cualquiera de los que estamos en esta mesa –dice Nana con una voz glacial.

–No nos cabe la menor duda.

–¿Por qué os reís?

–Trabaja duro, claro que sí. Manejar los subsidios, los contratos temporales, los finiquitos, eso es todo un curro...

–¡Que exige auténticas aptitudes! –digo.

Serge simula hacer un número de malabarismo.

–Oh, mierda, ¡se me ha caído el plus de precariedad...!

Se agacha para recogerlo.

–¡Jajaja!

–A no ser que los ahorros sean para pagar las letras de la cabaña de Torre dos Moreno.

–¡Que no es una cabaña! –exclama Nana.

Nos reímos con ganas.

–¡Una cabaña hecha con tres tablones sobre una arena plagada de raspas de pescado! –se recrea Serge.

–¡Jajaja!

–Para, papá. Estás tonto.

Nana es la única que no se ríe.

–Tú ve dando lecciones de vida, Serge. Seguro que eres el más indicado.

–Soy el último que puede dar lecciones de vida. Pero de todas formas debes saber que espero sus disculpas.

–Ayer por la noche dijiste que no necesitabas disculpas.

–Sus más sentidas disculpas. Ya va siendo hora de que aprenda a ser educado, este chico.

–Devuélvele las galletas a tu padre, Jo –digo.

–Vamos a Birkenau –dice Joséphine.

Nana se cierra en banda.

–Conmigo no contéis.

Me ha llamado Marion. Hablo con ella mientras doy vueltas por las inmediaciones del parking del Impériale, donde están aparcados los coches particulares. La otra parte, vacía la noche anterior, está ocupada por una decena de autocares. Estamos cada cual a su aire; pese al sol, nuestro pequeño cuarteto se ha disgregado por este suelo gris e impersonal por el que vagabundean con gorras y sombreros de paja, entre los bolsos y las maletas, visitantes que llegan con agujetas. Marion quiere que la acompañe a la fiesta del colegio de Luc. A mí no me gustan esas fiestas. Esas atmósferas viciadas de júbilo agobiante. Ya fui una vez en los años de preescolar. En fila en la parte delantera del estrado, embutidos en unas casullas de papel pinocho rojo, los niños cantaban una canción. Luc estaba a un extremo, la mirada perdida en el vacío, mientras el resto acompañaba la letra con gestos de las manos. A trompicones, como si quisiera formar parte de un cuerpo, recogía alguna que otra palabra. Lo oíamos decir a contratiempo y con un hilillo de voz *por la ventana* o *ábreme*. De vez en cuando también hacía las orejas del conejo o el techo de la casa, cuando los demás estaban ya con los cuernos del ciervo. Su buena voluntad me emocionaba. Marion se reía. Sé que no se reía en serio, pero el camino de la risa era el más cómodo. Tuve que contenerme para no agarrar al niño y llevármelo lejos de la sala y de todas esas monerías. ¿Y cuándo es la fiesta? Aún falta, me ha dicho Marion, es en junio, lo digo para que lo tengas en cuenta. Le he preguntado qué hará Luc. No lo sabía. Le he dicho que iré. Y luego, movido por la tentación del suplicio, he preguntado: ¿por qué no vas con el argentino? No es argentino, ha dicho, y luego ha añadido: me pone enferma.

–¿Te pone enferma?

–No vamos a hablar de esto por teléfono. ¿Qué tal por Auschwitz?

–¿Por qué te pone enferma?

–No pasa nada. ¿Ahora dónde estáis?

–En un parking.

–¿Va todo bien?

–Estupendamente.

¡La pone enferma! Me he puesto al volante del Opel y he tocado el claxon para rescatar a los miembros de mi familia.

Birkenau significa «la pradera de los abedules», ha dicho Joséphine en el coche cuando salíamos del parking. Luego nadie más ha abierto la boca. Ningún rótulo indicaba cómo ir al campo II. He seguido las vías del tren. He salido de la carretera principal y he tomado unas avenidas semidesiertas desde las que se vislumbraban unos postes de ferrocarril detrás de unas zonas pantanosas. Hemos estado dando vueltas. No había ni un alma. Serge se dejaba llevar, el cuerpo apático adaptándose a todas las sacudidas y contratiempos. Nana seguía enfurruñada, la nariz pegada a la ventanilla y los ojos clavados en el paisaje. Joséphine era la única preocupada por nuestra errancia. ¡No van a poner un caminito como este para ir a Birkenau! He dado media vuelta. Hemos cruzado una zona más arbolada y hemos llegado a un claro.

En la vía del tren, completamente despejada, había dos vagones como perdidos. Dos vagones de madera y hierro, unidos, de esos modelos que se llamaban de ganado, con las puertas atrancadas, demasiado altos como para bajar de ellos sin problema. Furgones de otra época, demasiado modestos para el paisaje de hoy, tan frágiles sobre sus ruedas que parecían antiguos juguetes suizos. He parado el coche. Joséphine y yo hemos bajado, seguidos de Nana. Estábamos tan solos como ese pobre enganche de vagones. Hemos bordeado la vía, había varias velas alineadas y unas placas conmemorativas. Sobre el lecho de piedras oscuras, un guijarro blanco en el que alguien había escrito en rotulador *Past or Future?* El cielo se había encapotado en algunas partes, negro como antes de una tormenta. Ven, papá, ha gritado Joséphine. Hemos oído un tren de mercancías que pasaba detrás de los árboles. Un sonido de otro tiempo en el silencio lanudo del campo. Pero ¿de qué otro tiempo?, me he dicho. La mente crea correspondencias ilusorias. En los años que este lugar servía de andén no había el menor silencio, no había más que caos y griterío lúgubre. Los lugares engañan. Como los objetos. Papá, ¡mira esto! Es la *Judenrampe*. Justo enfrente unas casitas bordean la carretera. Hay una con las paredes ocres y el techo rojo. En el jardín, que es grande, hay gran profusión de atracciones y aparatejos en miniatura. Pórtico, columpio, tobogán, cabaña, flores, abetos del tamaño del de Navidad, molino de madera, molinillos de viento de colores sujetos a las barandillas. Un mini-Neverland que todo el mundo puede admirar y que, por la verja baja e inofensiva, ofrece a los niños cuya existencia cabe suponer una vista impecable de la vía férrea, de los dos vagones extraviados en el futuro, como una guirnalda de fondo.

Papá, sal del coche, ¡es la *Judenrampe*!

–Dejadme tranquilo.

–¡Por aquí llegaron quinientos mil deportados!

–Y a mí qué.

–¡Es el peor lugar del mundo, papá!

–Me están atacando los bichos.

–¡Pues sal!

–No.

–Me apetece ver las cosas contigo.

–Me quedo en el coche.

–¡Déjalo! Si quiere quedarse en el coche, que se quede –dice Nana–. No sé por qué has querido traer a tu padre. Nos está dando el día, nos echa a perder la visita.

Es increíble que estemos solos. ¿Por qué la gente no viene aquí?

–Mejor –digo.

–Ya, pero aun así.

¿Quiénes vivirán en esta casa ocre? ¿Por qué no levantaron una cerca o plantaron algunos árboles a modo de protección?

Joséphine ha abierto la puerta del coche y trata de hacer bajar a su padre. Tira mientras se apoya. Él se resiste. Joséphine tiene fuerza, él tiene que luchar para mantenerse firme. Serge se echa a reír. Papá, ¿por qué haces esto?, exclama Joséphine. Gime doblada en dos mientras el tocado en forma de piña le tapa la cara. No consigue sacarlo y termina por ceder. Nana acude. Joséphine está roja y tiene la cara abotargada. ¡Lo odio!, dice llorando. ¡Te odio!, le espeta. Serge cierra la puerta de golpe para volver a atrincherarse. Nana trata de abrazar a Joséphine, que se aparta y se marcha sorbiéndose los mocos hacia unos muros en ruina (que resultarán ser los vestigios de un almacén de patatas). ¡Mira que llegas a ser imbécil!, dice Nana golpeando la ventanilla del Opel.

Vuelvo a sentarme al volante. Serge fuma. Digo: es la *Judenrampe*.

–¿Qué es la *Judenrampe?* Me estáis dando el coñazo con la *Judenrampe*.

–Es donde llegaban la mayor parte de los judíos.

–Bueno, ya la veo. Lo veo todo desde el coche.

–Yo solo te digo qué es.

–Es que están las dos dando el coñazo, con esas ganas que tienen de regodearse en la desgracia.

–Podrías ser más amable con Jo.

–Es una obsesiva. Ayer era la academia de cejas, hoy

es el exterminio de los judíos. Todo el mundo tiene que acomodarse a sus delirios. Al margen de esto, es una chica que no da señales de vida salvo cuando necesita dinero o quiere un piso.

–Para.

–Al tunecino ese, Ilan Galoula, le ha entrado miedo. Le entiendo.

–¿Cómo va lo del piso?

–No va. Yo estoy sin blanca y no me veo pidiéndole a Valentina que me avale.

Un poco más allá, Nana habla por teléfono. Va y viene a lo largo de las vías. Cuando observo la escena por la ventanilla del Opel, me parece una mujer insignificante y sin textura. Sin embargo, cuando volvamos de este viaje y me ponga a recordarlo, esta imagen se impondrá a todas las demás. Mi hermana con sus botines demasiado gruesos y la bandolera roja cruzada sobre el cuerpo, caminando con la cabeza gacha y los hombros crispados a lo largo de la vía, por delante de los dos vagones perdidos. Volveré a ver los dos ganchos en cada extremidad del acople, las ruedas grandes como ruedas de carreta. Los árboles al fondo, el balasto, la vía desierta. Cada vez que vuelva a leer un libro y me encuentre con la palabra *Judenrampe,* veré a Nana al teléfono paseando sola por delante de los vagones viejos de madera con sus barras de hierro forjado.

¿Nos vamos a quedar aquí toda la vida?, dice Serge. ¿Quién es el loco que se ha construido esta casucha?

Voy a buscar a Joséphine. También ella está hablando por teléfono. Me sigue con aire tristón. Fotografía la ruina (en ese momento cree que es una antigua muralla del campo II). Fotografía (por quinta vez) los vagones, fotografía la casita ocre. Desde esta mañana fotografía todo sin descanso. ¿Qué vas a hacer con todas esas fotos? Se encoge de hombros.

El campo de Birkenau es inmenso. De una inmensidad que da vértigo. Al cruzar el portal, uno entra en un lugar consagrado a la muerte. La evidencia de esta atribución salta a la vista. Es eso lo que produce vértigo. No hay paripé. Los raíles van directo a la muerte. Tarde o temprano, todos los caminos conducen a ella. En Birkenau, el proyecto industrial de aniquilación es flagrante. Todas las actividades humanas y los espacios que pudieron albergarlas están al servicio de la muerte.

En Birkenau no se puede hacer otra cosa que caminar. Caminamos en dirección a los montículos. Los rayos de sol aún se traslucen detrás de las nubes. En la rampa, un hombre juega a lanzar al aire a un niño.

De vez en cuando aparece un guardia de seguridad en Segway. Una especie de tentempié supersónico en camisa azul de manga corta que cruza una puerta con alambre de espino y desaparece detrás de un barracón.

Caminamos siguiendo las vías. Las vías construidas para recibir a los judíos de Hungría. Apenas salían del tren, los judíos húngaros seguían en fila el mismo camino que los llevaba directo a la cámara de gas. Trato de ver lo que veían ellos, pero no se ve nada. Ni la extensión infinita de hierba. Ni los escombros. Ni los barracones limpios y espectrales. En alguna parte se oye un cortacésped. Un viento que anuncia tormenta trae efluvios de montaña.

Caminamos por un camino que no es de tiempo alguno. Y nosotros mismos ignoramos qué nos ha llevado hasta él. Veo el cuerpo de mi hermano. El traje de los domingos y el pelo cano. Se me antoja menos robusto. Parece

112

que cojea un poco. Se parece a nuestro padre subiendo la rue Méchain con la americana demasiado ancha de hombros y los faldones ondeantes. Yo lo había acompañado al hospital Cochin apenas dos meses antes de que muriera. Una consulta inútil y absurda para una revisión de la próstata por parte de una eminencia amigo de un jefe de Motul. Mi padre se había vestido bien para causar buena impresión. El edificio estaba casi vacío, pues acababan de operar a Mitterrand. Al salir nos vimos rodeados, los micrófonos apuntándonos, por un grupo de periodistas que llevaban horas esperando. Se encuentra bien, había dicho mi padre con el aplomo de quien sabe de qué habla y sin esperar a que le preguntaran, el «paciente» se encuentra bien. Buenas tardes, caballeros. Y, avalado por su estatus de visitante excepcional, se apartó con una amable condescendencia. Había subido por la rue Méchain flotando en el traje demasiado holgado, encantado de que su voz hubiera sonado con bastante fuerza, contento por haber sorteado la muerte y parecido un íntimo del presidente. No puedo decir que cojeara, pero su cuerpo también se inclinaba hacia un lado a cada paso que daba, como si lo lastrara una carga invisible. Veo a Nana delante, completamente sola, la bandolera roja le cruza la espalda en diagonal. Siento un arrebato por esta mujercita envejecida. Falta poco para que me ponga a correr para darle un susto y un beso en el cuello. Veo a mi hermano y a mi hermana en esta carreterita bordeada de chimeneas y de piedras muertas, y me pregunto qué hizo que por azar cayéramos los tres en el mismo nido, por no decir en la vida misma. Detrás de nosotros Joséphine sigue entregada a su furia fotográfica. ¿Y si me casara con Marion?, he pensado. ¿Por qué dejar a los Ochoa la exclusividad de una formación seria? ¿Qué edad tiene? Cuarenta. Aún puede tener hijos.

113

Compraré un perro para Luc. Un cruce de pelo corto. Luc se va a divertir, con el perro y con su hermano. Me recibirán con gritos de alegría y ladridos, tiraré la chaqueta sobre un sillón repleto de ropa.

Caminamos por el camino que no lleva a nada. Vamos a ver la ruina, las ruinas espantosas y aplastadas en medio de la primavera olorosa. No nos acompaña ningún fantasma. Delante tenemos a una gente que deambula por ahí. Nosotros vagamos como ellos, porque nos falta encontrar el ritmo. Serge se para a encenderse un pitillo. Se da la vuelta para protegerse del viento.

He aquí las ruinas. Los restos dinamitados de las cámaras de gas y de los crematorios. Unos bloques desmoronados y probablemente recubiertos de herbicida. Justo al lado, el monumento a las víctimas, un pavimento de grandes adoquines y de losas grabadas en varios idiomas. Serge me tiende su móvil. Mensaje de Victor: «*Tío Serge, he leído el mensaje del chef. En efecto, me llegó ayer, pero todo el mundo sabe que no vivo pegado al móvil, menos aún cuando debo de recibir un correo al mes. ¿Y tú, lo has leído? ¿Lo has leído de verdad? Creo que no y te invito a hacerlo. El chef me propone unas prácticas de dos semanas como si fuera un aprendiz, cuando yo solicito hacer la temporada completa en un equipo como COCINERO. (Deja que te diga de paso que el último sitio por el que pasé es Chez Treuf, donde me desenvolví bastante bien, ya que pasé de ayudante de cuarto frío a jefe de partida en cocción en apenas cuatro meses.) De modo que tenía las miras puestas, como mínimo, en un puesto de semijefe de partida. Por eso voy a declinar su oferta sin ningún remordimiento. Como ya te dije por teléfono, mi correo no obtuvo respuesta, y durante ese tiempo se presentaron nuevas oportunidades. Nunca te pedí personalmente que insistieras con el chef. Tienes que entender que no dependo de mi madre y que no sabía que ella te lo había pedido. Tú eres mi tío. Aunque en vista de nuestra relación estos últimos años, más bien diría que eres el hermano de mi madre. Para mi hondo pesar, no muestras gran interés en mí; y eso desde hace mucho. Hoy te pido que dejes de hablarme de esta manera condescendiente y autoritaria sin tener la menor legitimidad. No eres ni mi padre ni mi jefe, ni tampoco un "sensei" de cualquier otro tipo. No te debo nada. Tus amenazas no tienen razón de ser y no me afectan. Te agradezco que hayas intentado colocarme en ese hotel suizo, pero así de manera general no necesito tu ayuda. Lo único que necesito es una familia. Victor.»*

Niñato de mierda, dice Serge.

–Es joven.

–Un niñato de mierda, eso es lo que es.

–Ya se calmará.

–Ese tono que gasta. Esa arrogancia. Un chulito que acaba de salir de la escuela.

–Ramos puede gastar el mismo tono.

–¡Necesito una familia! ¿Quién necesita una familia? Me da asco.

–Eso también es de su padre.

–¿Qué demonios hacemos aquí? Vámonos, Jean. ¡Estas placas que hablan a la humanidad, esos adoquines monstruosos!

Le doy un abrazo. Odio todo esto, murmura con la cabeza pegada a la mía.

Qué luz tan bonita. Detrás de nosotros hay un sotobosque. Por entre los árboles altos se filtran unas estelas de luz rosa. Se extienden a lo largo de las cercas y de las apacibles torres de vigilancia. En las crónicas de Chernóbil de Alexiévich, por encima de la zona abandonada unos pájaros se divierten y *el cielo es de un azul límpido.*

115

Nana y Jo nos alcanzan. Ya basta, ¿no?, digo. ¿Podemos irnos?

–Ah, no –dice Joséphine–, ¡tenemos que ver la sauna!

–¿Qué es la sauna? –dice Serge.

–Es el edificio de desinfección y registro.

–Yo no voy.

Nana se enfada.

–No has querido entrar en la cámara de gas, no has querido ver la *Judenrampe,* has hecho todo lo posible para boicotear la exposición húngara, ¡y ahora la sauna! ¡Estaría bien, Serge, que de vez en cuando en la vida dejaras de lado tu pequeño ego, que accedieras a llevar una vida en grupo, ni que fuera solo para complacer a tu hija!

Trato de acariciarle ligeramente el hombro y lo único que consigo es avivarla.

–Podrías limitarte a observar con humildad. Pero no, tienes que dar la nota todo el rato. ¿Qué quieres demostrar? ¿Que ya has integrado todo esto? ¿Que no eres un turista? Ya sabemos que has venido a regañadientes. No hace falta que nos lo recuerdes a cada momento. Yo, perdona que te diga, cogí un avión a Cracovia para ver con mis propios ojos los lugares en que miles de personas murieron de forma abominable, personas de nuestra familia, personas con las que podríamos haber tenido algún vínculo. Serge Popper ya ha aprendido la lección del horror, estupendo, mejor para ti, te felicito, pero yo no y tu hija tampoco. Y Jean no se sabe, es tu devoto. ¿Cómo que no? ¡Claro que eres su devoto!

–¿Qué lección? Si justamente no hay ninguna lección que aprender –dice Serge.

–Eso, tú sigue con ese tono pretencioso.

–¡Id! ¡Vamos, id a la sauna!

–¡Para ya, papá! Es verdad que estás negativo e insoportable.

—¡Pero id! Id a ver la sauna con humildad. Yo no impido a nadie que haga lo que quiera.

—Es ridículo. Vamos, Jo —dice Nana.

—Sí.

—Ve, Jo. Ve a explorar el campo con tu tía. En cuanto a Victor, le importa un huevo qué hacemos aquí.

—¿A qué viene ahora el nombre de Victor?

—Me acaba de escribir.

—¿Y?

—Ve a la sauna.

—¡Vale ya con la sauna! ¿Qué te dice?

—Hay palabras que no entiendo, pero *grosso modo* que no soy su tío y que me vaya a la mierda.

—Déjame ver.

—¡Y que es un cocinero avezado! ¡Cuidadito!

—Es que es cocinero.

—Claro.

Nana le agarra la americana, hurga en los bolsillos y saca el móvil. Joséphine introduce tranquilamente el código de su padre. Las dos leen el mensaje de Victor. Al final Jo dice: qué gracioso, Victor.

—¡Unas prácticas de dos semanas! —exclama Nana—. ¿Cómo quieres que esté contento?

—¿A ti te parece normal que me mande esto cuando estoy en Auschwitz?

—¿Y eso qué tiene que ver?

—¿Cómo que qué tiene que ver?

—No estamos en tiempos de Hitler. No vas en pijama de rayas.

—Muchos se alegrarían de poder hacer dos semanas de prácticas en el Walser.

—¡No si has estudiado en la escuela Émile Poillot! ¡Ni si lo que buscas es que te paguen por hacer la temporada!

–El chef ni siquiera sabía quién era Émile Poillot.

–¡Porque es un paleto! ¡Todo el mundo sabe quién es Émile Poillot! ¿Tú leíste el correo? ¡No te lo leíste!

–¡Si yo de cocina no sé nada! Yo solo los pongo en contacto, son ellos los que tienen que entenderse. No es culpa mía que Victor Ochoa sea el único joven del planeta que no mira el móvil.

–¡Le echaste una bronca como si hubiera rechazado la oferta del siglo!

–¿Que le eché una bronca? ¡Este chico es de porcelana!

–Estuviste tremendo al teléfono. Incluso humillante.

–¡Ya va siendo hora de que alguien le hable de hombre a hombre! No ha tenido ninguna educación. ¡Un padre que es un pelele y tú que lo tratas como a un pusilánime!

–¡Pero papá!

–¿Qué?

Da algunos pasos con los brazos colgando.

–La supresión del servicio militar ha sido un disparate.

–Dentro de dos segundos va a decir: terminé como sargento primero, mis hombres me adoraban –dice Joséphine.

–Es la verdad.

–¿Podríamos dejar una cosa clara? –zanja de repente Nana, a punto de llorar–. ¡¿Podríais dejar de una vez por todas, también va por ti, Jean, de meter a Ramos en la conversación cada vez que os ponéis a despotricar?! ¡No quiero volver a oír una palabra sobre Ramos! Es más, ¡no quiero volver a oír nunca más su nombre en vuestra boca!

Joséphine la rodea con el brazo y nos mira con desprecio.

–Te lo prometo –digo–. Tienes razón.

(Sé que no voy a cumplir la promesa.) Para aligerar el ambiente, añado: vamos a ver esos bosques. ¿Es por allí la sauna? Le doy a Serge una palmadita en la espalda para que se active. Nos ponemos en marcha en silencio. Reconozco el bosque. Los hombres hablaban de pie, las mujeres y los niños estaban sentados debajo de los árboles. En estos bosques de abedules los judíos húngaros esperaban su turno para la cámara de gas. No sabían nada de su suerte inminente. Habíamos visto esas fotos esa misma mañana. En una de ellas, un niño muy pequeño daba un diente de león a uno mayor.

Estamos solos. El suelo es irregular y está lleno de matas. Nana se tambalea con sus botines altos. De pronto se vuelve y le dice a Serge, que avanza a paso de tortuga unos metros por detrás: no veo que hayas logrado gran cosa en la vida.

Serge se para, da una calada al cigarrillo y dice: yo tampoco.

–Vas por el mundo con aires de superioridad, estás aquí como si nos hicieras un favor, te pasas el día juzgando la vida de los demás como si la tuya fuera fabulosa.

–¡Pero qué dices!

–La manera como hablabas de los Fouéré anoche. Tienes que reírte siempre, no puedes evitar burlarte. ¡Llevan al perro en carretilla, se hacen llamar papá y mamá! ¿Y a ti qué más te da, si quieren que los llamen papá y mamá? No es más patético hacerse llamar papá y mamá que estar siempre al acecho de todas las flaquezas de la gente. ¿Qué hay de admirable en tu vida? Una vida dedicada a buscarse problemas. Tienes sesenta años, te has quedado sin casa, te van mal los negocios, tu gerente te estafa...

–Me aloja.

–Menos mal. No sé de dónde sacas la más mínima superioridad. Una vez en la vida que el señor Serge Popper hace algo para alguien, ¿y hay que aplaudirlo durante diez años? Has perdido por completo el sentido de la realidad, pobrecito. Yo que me ocupo todos los días de gente en situación de auténtica precariedad, que se siente amenazada por todas partes, y cuyos niños no han visto nunca, en algunos casos, ni el mar ni la montaña, puedo decirte que buscarse los marrones uno solito es un verdadero lujo. ¡No pongas esa cara! Cada vez que hablo de mi trabajo me tengo que cortar por miedo a vuestras burlas idiotas. Pues bien, sin querer ofender a los señores, soy feliz de ayudar a los demás, estoy orgullosa de ser solidaria, de ser parte de una sociedad responsable, creo que no tiene sentido vivir para uno mismo. Vas a terminar más solo que la una, Serge. Porque has perdido a una mujer formidable que te mantenía a flote. ¡No entiendo cómo has podido dejar escapar a Valentina!

–No te metas en mis asuntos.

–¿Y no te metas tú en los míos cuando os burláis de Ramos, cuando tú y el lameculos de tu hermano insinuáis que no da un palo al agua, que hace trampas para cobrar el paro, cuando afirmas que no es buen padre cuando no hay persona más atenta, más unida a sus hijos que Ramos...?

–Los nazis también estaban muy unidos a sus hijos, Stangl era buen padre, Goebbels era buen padre, puedo citarte un montón que eran buenos padres de familia. La unión con los hijos no tiene ningún mérito. Tiene cero importancia. Como la familia.

–Estupendo. Jo estará encantada.

Joséphine se encoge de hombros. Se esmera en fotografiar en perspectiva, entre los troncos, las ruinas del crematorio III.

–No sé qué es lo importante para ti –dice Nana–. De verdad, tengo la impresión de que nada te importa. Es triste. Dame un piti.

–Si tú no fumas, Nana –interviene Joséphine–, ¿por qué quieres fumar?

–¡Porque hoy sí fumo!

Y he aquí que se pone a fumar sacando morritos. Y he aquí que se pone a llover. Las estelas de luz rosa desaparecen de golpe y oímos el bramido de un trueno a lo lejos. ¡Oh, mierda!, exclama Nana, ¿estamos lejos de la sauna, Jo?

Ambas echan a correr por el sotobosque. Nosotros nos apresuramos tras ellas. La lluvia que cae es sobrenatural. Es una lluvia ensordecedora, feroz, densa. Cae de todas partes, del cielo, de los árboles y puede que de otros lugares, arremete con furia, corremos a ciegas en medio de su estrépito, arañados por las ramas, no podemos mantener los ojos abiertos. Se nos hunden los pies, la tierra ya está enfangada. ¡El fango! Aquí está el famoso fango, el barro inmundo del que hablan los libros. Te succiona el cuerpo, es voraz, qué excitación notar cómo sube el olor, oír su chapoteo y cómo va poniéndome perdido, y cuánta vergüenza siento, sí, vergüenza, por esta emoción folclórica. Las chicas se tambalean en su carrera por entre los troncos, oímos sus chillidos amortiguados.

En las lindes del monte alto se extiende un terreno pantanoso al final del cual un edificio anodino, tan asolado como se pueda imaginar, se resigna bajo el aguacero. Corremos empapados hacia el patio, en el que hay aparcado un coche familiar. Está todo desierto, las puertas están cerradas y las ventanas cuadriculadas dejan entrever unos pasillos vacíos. ¿Es esto la sauna? Este edificio bajo y replegado sobre sí mismo, ¿es la *Zentralsauna,* el vestíbulo del infierno del que hablan quienes sobrevivieron?

Joséphine llama repetidamente a las puertas, ¿hay alguien?, grita. Estamos literalmente azotados por la tromba de agua. A nuestro alrededor hay grandes charcos, casi charcas, y unos rectángulos de turba rodeados de piedras y de unos juncos moribundos. Mientras bordeamos las paredes de ladrillo con la esperanza de encontrar una abertura, me acuerdo del profesor de Filosofía de Margot, aquel grandioso Cerezo del que se burló toda una clase. El señor Cerezo, que, embutido en su gruesa parka, acudía todos los años a pisar la landa de los muertos como un loco de tragedia. Es él quien tiene razón, me digo. No hay otra manera de llorar a los desaparecidos en los campos que hacerlo con fanatismo. Siento un arrebato retrospectivo por este hombre y sus repetidos intentos de transmisión, inexorablemente condenados al fracaso.

Un poco más lejos, al otro lado, alguien ha salido de una puerta y se ha afanado en abrir un paraguas descuajaringado por el tornado. Hemos corrido para entrar en la sauna.

Regreso taciturno.

Al atardecer, yendo en el coche hacia Cracovia, hemos pasado junto a un pequeño bimotor que había en un campo.

–Un Antónov –ha dicho Serge con la voz apagada.

–¡Ah, sí!

–Un Antónov 2. El jeep de la tundra.

Han sido sus únicas palabras durante el trayecto. El paisaje estaba desfigurado por los carteles publicitarios.

–Te has quemado con el sol, papá. Estás colorado.
–Deberías ponerle crema –digo.
Joséphine se pone a canturrear de manera artificial.
–¿Sabíais que la barba protegía de la radiación solar?
–Interesante.
–Hay que ver lo graciosos que sois en este coche.
Vuelve a sumergirse en el móvil.

Hemos circulado a lo largo de unas vías. Unas vías actuales, tal vez, en una pequeña elevación que se ceñía a la carretera. En circunstancias normales, ¿nos fijamos en las vías?
En medio del silencio absoluto, Joséphine ha dicho: el casquete polar se funde siete veces más deprisa que hace veinte años.
–Vamos de cabeza a la catástrofe –dice Nana.
–El calentamiento del Ártico provocará un *baby-boom* de arañas.
–Para ya con el móvil.
–No es el móvil. Es el mundo. Voy a pillar una pulmonía, con el pelo mojado. Pon la calefacción, Jean. Y os recuerdo que también la lluvia está repleta de microplásticos.
Los Fouéré se han comprado un perro. No es ninguna sorpresa. Son de esas parejas que terminan acomodándose en la vejez. Después de años de caos, terminan cogidos de la mano y se ponen de acuerdo en los viajes, en el perro, a veces también en una casucha en alguna parte. Durante toda su vida, Nicole había aspirado a un hombre distinto de Jean-Louis, y, cuando no estaban de morros, los Fouéré se escabechaban con expresiones hirientes. Pero un buen día percibieron que la muerte los saludaba de cerca y depusieron las armas. Aceptamos que la vida es un camino solitario mientras hay futuro por delante.

Conozco a un montón de gente a quien los intereses comunes desbarataron las esperanzas existenciales. Más de una vez he llegado incluso a envidiar esta victoria siniestra.

Los deportados que regresaron con sus sombreros y sus abrigos de piel gruesos para Dios sabe qué conmemoración descansan hoy con los muertos de entonces. Son una especie particular de viejos, perdidos dentro de gabanes desmesurados, envueltos en una ropa de abrigo que los embute, gente de otra época que no volveremos a ver. Sin ellos, el lugar dejará de existir. ¿De qué sirven los puntales, el cortacésped, el mantenimiento de los ladrillos, de las tejas, de los postes, más allá de su supervivencia? Se llevan consigo un siglo y un continente.

Intermarket, Auto Komis, Brico. Cero exotismo. A ambos lados de la nacional, el día se demoraba todavía un rato en algunos pequeños valles. De pronto me ha entrado nostalgia de Miami (donde nunca he estado). De un balcón, pongamos de un decimotercer piso en los años cincuenta. Es de noche. El aire es caliente, huele a gasolina y a plantas palustres. Veo la luz de los rascacielos a través de la balaustrada. Estoy sentado en una silla de plástico, la vida pasa, el océano, el murmullo de la circulación. Yo era viejo, tenía el esplín de la silla de plástico, de la platanera en su miserable maceta.

¿Qué ha sido eso?

Zita sobrevivió a tres maridos y a un hijo muerto. Feifer era el apellido del tercero, su gran amor. De joven era clavada a la actriz Gloria Swanson. Los mismos labios, la misma nariz pinzada y larga, el mismo corte de pelo a lo chico. Fumaba con boquilla y se reía con los dientes manchados de carmín. Nuestra madre decía: le gustan los hombres, y papá –¡oh, discretamente!– ratificaba con un gesto de la cabeza. Su hijo había muerto en los Alpes suizos mientras trataba de coger una frambuesa al borde de un barranco. Zita había cultivado su acento húngaro y también ciertos errores de género en el uso de los artículos, decía *un* cucharada, *una* moño. Se aplicaba en la cara Polvo de arroz de Java (leíamos el nombre en el bote de color verde anís), cuyo olor azucarado nos volvía locos. Maurice había sido su amante en la época en que estaba con su segundo marido, un marchante de arte. Cuando el marchante se iba de viaje, Zita invitaba a Maurice a su casa en una atmósfera medieval de velas, entre ellas las de los dos candelabros de siete brazos. Lo recibía a la americana con un gin rickey y se sentaba cual chiquilla lúbrica en una butaca baja sin brazos mientras Maurice bebía a sorbos el cóctel y le miraba de reojo la entrepierna. Todo eso lo sabemos por Maurice, que debió de exagerar un poco, aunque nuestra madre, que guardaba los secretos de Zita, había confirmado las líneas generales. Pasado un rato, Zita descolgaba de la pared el látigo de gaucho traído de la pampa e imploraba: ¡lacérame! A veces le ponía en las manos el hacha suiza y se arrodillaba alargando el cuello hacia la hoja, ¡degüella a tu pichoncito! ¡Bébete mi sangre, Moritz! Se lo pasaban muy bien juntos. En algunas ocasiones el ambiente era más delicado. Maurice tenía debilidad por sus dientes. Muérdeme, castorcito mío, le decía él, entonces ella fruncía los morros, sacaba sus espléndidos incisivos y empezaba a roerlo.

Max Feifer puso punto final a estas locuras. Era peletero, comía *kosher* y tenía abdomen de escarabajo y un ojo medio cerrado. Era un hombre bajito, bueno y divertido, y nosotros lo adorábamos. La cabellera le crecía formando una especie de fez de color berenjena bordado de unos tirabuzones blancos. Un día nuestra madre le dijo a Zita: tendrías que aconsejarle a Max un tinte menos fuerte; ay, querida, ¡no me digas que se tiñe!, respondió ella. Max había muerto. Maurice y Zita esperaban su turno encerrados en sus respectivos pisos. Probablemente se habían olvidado el uno al otro. Pero lo que existió no puede no haber existido, pensé.

En el cuarto de baño del Radisson de Cracovia nos comemos un caramelillo mentolado tras otro, los hemos robado de un bote que había en el mostrador en el que hemos estado mil años. Yo estoy dándome un baño de espuma, Serge sentado en el trono. Diez minutos antes le ha sonado el teléfono: Valentina Dell'Abbate. ¡Valentina! ¡Me está llamando!... ¿Sí? Se aleja hacia la habitación. No oigo más que un murmullo de voz esporádico. Vuelve y se sienta en el retrete. Desenvuelve un caramelo. La papelera rebosa de envoltorios transparentes. Chupa el caramelo mientras mira fijamente la espuma con los ojos saltones. Al final dice: Marzio quiere que vaya a su cumpleaños.

–Todo un detalle.
–Según tú, ¿es cosa de Marzio o ha sido ella?
–Los dos.
–¿Crees que es solo para contentar a su hijo? ¿O es que a ella también le apetece?
–Le apetece.
–¿Lo utiliza como excusa?
–No, aprovecha la ocasión.
–Y al niño, ¿crees que le hará ilusión que vaya?
–Por supuesto.
–Hemos hecho buenas migas.
–Lo sé.

–¿Crees que es una manera de...? ¿Crees que me echa de menos?

–¿El niño?

–Valentina.

–Si no tuviera ganas de verte, no te llamaría.

–¿Crees que quiere que volvamos?

–No lo sé. ¿Cómo estaba?

Piensa. Engulle el cuadragésimo octavo caramelo.

–Distante.

–En todo caso está dando un paso.

–¿Tú crees?

–Sí.

–¿Me apetece realmente volver a estar con alguien? Se está bien sin mujer.

–Se está bien. ¿Todavía te ves con Anne Honoré?

–No. Me da miedo su marido martiniqués.

–¿Por qué?

–Es un hombre violento. Como todos los insulares. Fíjate en los japoneses. ¡O en los australianos! Que sacan un cuchillo en cuanto ven a un aborigen. Son todos descendientes de exconvictos. A quien sí veo de vez en cuando es a Peggy. Si algún día sales de esa bañera puede que consiga cagar.

–Está bien.

–También me veo con otras. Vienen a mi chabola. Una de cada dos veces no se me levanta. Una de cada dos veces, cero patatero. En fin. El problema es el después. El secreto quizá sea fingir que te has quedado dormido. Con un poco de suerte oyes cómo se viste, te dice algo que no entiendes y la puerta se cierra suavemente. Es la noche perfecta. Te levantas, vas a la nevera. Te dices: es una chica maja. Incluso miras si ha tenido tiempo de planchar un poco. ¿Me pasas los autodefinidos?

127

Le llevo el periódico. En la habitación, descorro las cortinas transparentes y miro como desde otro país el parque que hay delante del hotel.

Con una bota del Vieux Campeur en una mano y el secador de pelo del hotel en la otra, Serge está tumbado en la cama, envuelto en el albornoz blanco y suave del Radisson. Tiene el don del repanchingado. Nadie se repanchinga como él. El secador brama y se para a cada tanto porque Serge lo mete dentro del zapato. Dice: ¿tú crees que mi vida es un rotundo fracaso?

–¿Por qué lo dices?

–Nana no cree que haya logrado gran cosa en la vida.

–Lo ha dicho llevada por los nervios.

–Tiene razón.

–Ya sabes que Ramos es intocable. Y su hijo también.

–Qué mierda de familia.

–Para ya con el ruidito, no puedo más.

–Este secador no vale nada.

–Vístete.

–Ahora resulta que conoce mejor la miseria que la madre Teresa de Calcuta. Desde que se metió en eso de la ayuda social, gasta aires de sabelotodo. Esta gente que se envuelve en la bandera de la virtud me repugna. Francia se ha convertido en un país subdesarrollado por culpa de esta gente.

Por la acera de enfrente, bordeando el parque en un enjambre oblongo y compacto, pasa un nutrido grupo de israelíes que llevan todos bolsas de Zara o de H&M.

–A base de indulgencia, autopreservación y otros mantras solidarios, hemos abandonado todos nuestros vectores de potencia en favor de un mundo irénico. El otro día me dijo que le *emocionaba poder poner en valor trayectorias cívicas.* Literalmente. A mí. El interlocutor ideal.

Ha dejado el secador y fuma. La ceniza cae sobre el albornoz. Le tiro un cenicero.

–¡Y la cocina! ¡Me he olvidado de la cocina! Hoy es mejor ser chef que premio Nobel. En esa familia, la única aceptable es Margot. Y vete a saber qué será de ella.

–Para de despotricar y levántate.

–Toda la belicosidad que había en mí se ha marchitado.

–¿Me pongo una camisa limpia o la camiseta de ayer?

–Antes no me cortaba un pelo, me partía de la risa, ahora lo único que intento es rehuir las catástrofes. En Auschwitz me habrían bastado veinticuatro horas para convertirme en un *Muselmann*. No habría encontrado ningún motivo para aferrarme a la vida.

–Camisa.

–Pásame la carta del servicio de habitaciones.

–Ven a dar una vuelta. Es bonito, Cracovia.

–No quiero tratar con ella. No quiero volver a tratarla nunca más. Ha tenido suerte de que estuviéramos en Birkenau.

Me suena el móvil: Paulette. La oigo reír antes de hablar. ¿A que no sabes qué me ha pedido Maurice esta tarde? ¡Un andador eléctrico!

–¡Qué gracioso!

–¿Sabes qué le he dicho yo? Le he dicho: ¿sabes qué es un andador eléctrico, Maurice? ¡Un patinete! Jajaja.

–Jajaja.

–Se moría de la risa, figúrate. Ahora está tomando su copita de champán. ¿Vosotros aún estáis en Auschwitz?

–En Cracovia.

–Bueno. ¡Pasadlo bien, hijos!

–Gracias, Paulette.

Rice cake!, exclama Serge. ¿Y si pidiera un pastel de arroz?

—Deja de dar el coñazo y levántate.

—Me encanta el pastel de arroz. Hace diez años que no como pastel de arroz.

—Ya encontraremos en algún restaurante.

—¿Sabes qué me gusta de Singer? El lugar que concede a todos esos platos que comen sus personajes. No te dice el oficio del tío, te dice lo que come. Hígado picado, *blintzes,* o bien pastel de queso, o pastel de fideos... Un día entra en una cafetería, en Nueva York, y se encuentra con unos colegas polacos. Hablan de Israel y más cosas, pero sobre todo (espera, que te leo), de las personas *que comían pastel de arroz y ciruelas la última vez que estuve allí y que entretanto habían muerto.* Que comían pastel de arroz y ciruelas la última vez que estuve allí y que entretanto habían muerto. No hay día que no piense en estas palabras. Para mí valen lo que una frase del Talmud.

En la gran plaza de Cracovia me llamó la atención la magnitud del desastre. Había una especie de fiesta de la primavera, o de la música, ¿o acaso era una emanación de estas festividades permanentes que hoy día se celebran en las ciudades turísticas? Había de todo, en esa inmensa plaza del Mercado, un mundo idéntico al que habíamos visto esa misma mañana en Auschwitz, grupos de gente azorada y exhausta sin voluntad propia, con botella y mochila, pero también monjas, monjes tibetanos, una fila de calesas blancas enganchadas a caballos a juego y conducidas por semiputas que fumaban vestidas de rodeo. A lo largo de las arcadas, sobre un gran estrado, un grupo de rock actuaba con el equipo de sonido a todo trapo. Todas las calles adyacentes estaban ocupadas por un mismo gentío febril, fofo, ruidoso, indiferenciado, ávido de distracción. Había estado en Cracovia varios años atrás, guardaba el recuerdo de una ciudad espléndida y secreta. Nada que ver con ese decorado falso y desnaturalizado por la inconsistente invasión planetaria. ¿Y tú?, me pregunté mientras buscábamos un restaurante *local* en mitad de la congestión de una calle peatonal y entre las decenas de tiendas de souvenirs. ¿De qué otra pasta crees que estás hecho? Recorres la tierra en *low cost* con el mismo desparpajo. Avanzas lentamente por el mismo circuito, horror por la mañana y fiestas medievales por la noche, ¿en qué eres distinto? No quieres que te metan en el mismo saco que los demás, pero es esta reticencia –una última intentona del orgullo– la que te desenmascara. Sabes muy bien que ya no existe otro mundo y que tus lamentos no se sostienen.

Lara Fabian nos dio la cena. Al principio, en el sótano de la taberna en el que nos encontramos pegados a un muro de piedra, dominaba la calma. Pero conforme se llenaron las mesas a nuestro alrededor, el imperceptible hilo de voz que salía del bafle que teníamos justo encima de la cabeza fue mudando en una cantinela escandalosa. Laura Fabian, apuntó Joséphine.

Había decidido interesarme por su vida. Respondía aplicada mis preguntas con el rostro medio vuelto hacia su padre y yo me daba cuenta de que todo lo que contaba era para hacerse valer delante de él. Esencialmente, dijo, se dedicaba a maquillar a periodistas antes de que salieran por antena, pero también a algunos invitados. Había maquillado al rapero KatSé, ¿sabes quién es, papi? ¡No, claro, lo tuyo es el rock! Tenía un plan de trabajo de nueve semanas, hacía dos semanas de día y dos semanas de noche. Trabajaba con total autonomía, su jefa de maquillaje esta-

131

ba con ella en el camerino, pero se encargaba de las tareas administrativas y de los pedidos a los proveedores... Serge estaba enfrascado organizando la mesa, el vino, la sal, la pimienta, los pepinillos, asentía con la cabeza sin conseguir en ningún momento disimular su hastío. En un momento dado dijo: ¿y el curso de cejas?

–*Microblading*, papá. Es el futuro.

–Tres mil euros que me ha costado la broma.

–¡Serge! –se disgustó Nana.

–Cuando haya creado mi instituto, te devolveré el dinero –sonrió heroica Joséphine.

Serge levantó la cabeza hacia el bafle y dijo: ¿no pueden quitar a esta cerda?

Nana llamó a un camarero.

–*Please, please, mister, could you put the sound lower?* –preguntó de lejos con un gesto tranquilizador de la mano para concretar la petición.

–¡Que la apague! –ordenó Serge sin mirarla–. Es una tortura insoportable.

Desde que habíamos salido del hotel, se esmeraba en hacer como si no existiera.

–Díselo tú –contestó Nana.

–No van a quitar la música por nosotros –dijo Jo.

–*Can you stop the music?* –gritó Serge.

Todas las miradas convergieron en nuestra mesa. Se acercó una mujer con una falda folclórica verde manzana, afarolada como un tutú. La pobre trató de explicarnos que la música era parte de la política de la casa, que la iba a bajar un poco pero que, por desgracia, no habíamos tenido mucha suerte con esa mesa debajo del altavoz.

–*It's not music, it's noise!* –dijo Serge mientras vaciaba el enésimo vaso de vodka. Para validar su afirmación, añadió–: *We know her, she is French.*

La mujer, muy cortés, se rió por lo bajo mientras hacía girar su falda y propuso invitarnos a un licor de grosella negra. *Amazing vestidito,* masculló Serge. Pedí la cuenta, pero Serge quería esperar su pastel de arroz. Cuando llegó, le pareció demasiado dulce, demasiado avainillado y demasiado blando.

Joséphine está más allá hablando con un joven americano. Nana y yo estamos sentados en el banco Joseph Conrad; Serge, a unos metros, al otro lado de la avenida, en el banco Swietlana Aleksijewicz (lo escribo a la polaca). Todos los bancos del parque llevan el nombre de un escritor. Algunos no tienen nada que ver con Polonia. Ha anochecido. Pasan algunas personas. En el parque no hay nada que hacer. Me enternece que defiendas a tu marido con esta vehemencia, le digo a Nana. Se encoge de hombros. Se ha comprado unos cigarrillos polacos y fuma adelantando los labios. Serge también fuma en su banco. Nana dice: ¿cuánto tiempo más me va a poner mala cara?
–Está ofendido.
–Se cree el centro del mundo.
–Ponte un poco en su lugar.
–Estoy harta de ponerme en su lugar. Él no se pone en el lugar de nadie. Ya echaremos cuentas a la vuelta. No tienes por qué pagar tú lo de todos.
–Déjalo.
–Quiero pagarme el viaje.
–Como quieras.
–Es incapaz de salir de sí mismo, es incapaz de ser feliz. Es que ni dos minutos.
–Este no es precisamente el mejor lugar para ser feliz.
–¡¿Quieres parar?!
–Me ha parecido ver una ardilla.

–En esta historia del Walser, estoy con mi hijo al cien por cien. ¡Al ciento cincuenta por cien!

Joséphine y el americano se han sentado en un banco. Le digo hola con la mano desde lejos.

–No había leído el correo del suizo. ¡Le echa la bronca a Victor con ese tono suyo de te voy a enseñar qué es la vida sin ni siquiera haber leído el correo! He hablado con Victor antes de cenar. Para él es muy humillante que le ofrezcan unas prácticas como aprendiz, sin remunerar, como si no tuviera experiencia. A saber cómo lo presentó. En serio, no hay nada peor que esa gente que solo interviene para darse importancia. Victor ha reaccionado como debía. Además, su proyecto es estupendo. Ya va siendo hora de que alguien en esta familia le plante cara a Serge.

Me río. Trato de darle un beso pero me manda a paseo.

–Y esa connivencia estúpida que tenéis los dos contra Ramos es tan infantil. Y tan desesperante. Pero ¿qué hago fumando? Voy a vomitar.

Aplasta el cigarrillo con el pie, cambia de opinión y, en un arranque de ecologismo, va a tirarlo a una papelera. Vuelve a sentarse y estira las piernas.

–Pese a todo, estoy contenta de haber visto Auschwitz.

Desde el banco Swietlana Aleksijewicz, Serge dice: tres años de estudios en la que se supone es la mejor escuela europea de cocina, el Harvard de la gastronomía, ¡para abrir un *fast food!*

¿Lo ha oído todo?, me sopla Nana.

–Todo –dice él–. Incluso cuando cuchicheas te oigo.

–¡Es tan mediocre esta reflexión! ¡Tan idiota! –exclama Nana en medio del silencio del parque–. Cuanto más tiempo pasa, menos respeto me mereces, Serge, e incluso en un terreno en el que durante mucho tiempo te tuve por el más listo, donde atribuía tus fracasos a la mala suerte, veo que no tenías ni idea, ¡que hablas sin saber! Joséphine y el chico americano se vuelven.

–Lo único que oigo es el sonido amargo de tu voz, estás lleno de amargura y de maldad, ¡y la tomas con un chaval de veinte años que tiene la vida por delante y que precisamente quizá tenga éxito donde tú has fracasado estrepitosamente! ¿Tú sabes qué significa *fast food*? *Fast food*, Serge, significa que te *sirven rápido*, no significa Burger King o todos esos sitios infectos, significa simplemente que lo preparan rápido y te sirven rápido, no quiere decir que sea asqueroso. Al contrario. Hoy, figúrate, se ofertan productos excelentes en una caja de cartón, incluso es la gran moda. Tres años de escuela para abrir un *fast food* porque es lo más factible cuando no se tiene un capital. *Fast food* significa empresa pequeña, stock pequeño, equipo pequeño, riesgo pequeño, todo es pequeño, sí, pero todo es realizable, y si funciona, que lo sepas, da un beneficio muy superior a un bistró. Un *fast food* es la piscina pequeña antes de la piscina grande, y estoy orgullosa de la inteligencia de mi hijo, que seguramente es el más ambicioso de todos nosotros pero que no se alimenta de sueños teóricos y nebulosos, y que va a poner todo de su parte para tener éxito. En el fondo, puede que te moleste ver a alguien de la familia que sí tiene de verdad olfato para los negocios, quizá tengas envidia. Es una lástima. En lugar de destilar bilis como un viejo amargado, deberías aplaudirle y animarlo, eso te sacaría de ese egocentrismo irrespirable en el que te hundes tú y nos hundes a los demás. Porque es la última vez en mi vida, Serge, la última vez que aguanto tus caprichos de persona con problemas de carácter, veinte minutos esperando a que te dignes salir de la

135

habitación, una hora dando vueltas por una ciudad infestada de turistas empapados en sudor con un tipo que está de morros para encontrar un restaurante de mierda en el que pueda comerse una mierda de pastel de arroz que nadie quiere aparte de él.

–Eso de la piscina pequeña antes de la piscina grande, ¿es tuyo? –pregunto. Y, creyendo en las virtudes reconfortantes de la insolencia, añado–: Podría ser de Ramos.

Me pega. No un poco, sino con violencia. En la espalda, la cabeza, el brazo, todo lo que su mano encuentra. Joséphine acude corriendo.

–¿Qué pasa?

Nana se ha levantado, tiene la nariz dilatada, roja y echa humo.

–No soporto más a tu padre. Ni a él –rabia mientras me aparta–, ni a nadie, ¡os odio a todos!

Serge le dice a Jo: ya ves dónde nos han llevado tus ideas de peregrinaje.

Nana coge el bolso y se marcha a grandes zancadas. ¿Adónde va? ¿Adónde vas? ¡El Radisson está hacia el otro lado!, grito. Da media vuelta. Cuando vuelve a pasar por delante de nosotros hecha una furia, pregunto: ¿a qué hora nos vamos mañana por la mañana?

No hay respuesta.

–¡Nana!

Nos parece oír una voz lejana: ya os apañaréis.

¿Sabías que entre los judíos, dice Serge repantingado en un sillón mullido del Radisson, cuando te cruzas con un mendigo, tienes que darle algo, *tienes que hacerlo?* Es un *mitzvah.* Un imperativo. ¿Y sabes por qué *tienes que hacerlo?* No por caridad, ni por ser amable. No para que el tipo pueda comer, no. *Tienes que hacerlo* para no decirte unos

136

metros más allá: mierda, tendría que haberle dado unos euros, o, si le has dado: qué generoso soy. ¿Y por qué no tienes que decirte qué generoso soy? No porque sea un pecado de orgullo, como entre los católicos, no. Sino porque es una pérdida de tiempo. *Tienes que dar* para no saturarte de reflexiones secundarias. La cuestión de hacer o no hacer ya no se plantea. La calle está bien organizada y tu cerebro no pierde el tiempo en tonterías. Los judíos son unos genios.

Nos estamos tomando la última en el bar. Es decir, las penúltimas. Joséphine ha vuelto a la ciudad con el judío de Seattle. Encima de nosotros una pantalla mural emite la CNN sin sonido. El mechón encubridor de Trump se aleja de su cabeza abombándose al revés al nivel de la raya. Me pregunto si el peluquero utilizará el Babyliss. Un día estuve un buen rato observando cómo Marion se rizaba el pelo con este utensilio.

—¿Tú sueles dar a los mendigos? digo.

—A temporadas. Pero cuando les doy algo, no consigo no felicitarme después.

Coge un puñado de patatas fritas.

—Imperativos categóricos. Sin posibilidad de elección. Es mi ideal de vida. Nada de ¿le endoso el garaje a un pardillo que confíe en mí? ¿Me vendo la librería? ¿Me hago un chequeo? ¿Intento volver con Valentina? ¿Me enfado para siempre con Nana y todos los Ochoa, o los perdono? ¿Contraigo más deudas para el apartamentito de Jo?...

—¿Por qué habrías de hacerte un chequeo?

—Porque tengo edad. A mi edad uno se hace un chequeo.

—¿Quién es el pardillo?

—El cuñado de Jacky.

—¿Crees que es mejor vender?

—Es complicado, la cosa tiene muchos entresijos. El inspector no se mojará sin una concertación general. Cuando leo concertación general, sé que no hay nada que hacer. Chiche ya puede decir lo que quiera, si hay que esperar a los concejales, a los vecinos, a las asociaciones por el medio ambiente, a la delegación del gobierno, a los municipios, *vaffanculo!* Pero, sobre el papel, la perspectiva de que pueda construirse es verosímil, puedo ir dando largas al asunto.

Pedimos otro vodka con jengibre.

Serge se va a darle la vuelta a la pantalla de la lámpara.

—Lo de la piscina pequeña antes de la piscina grande es de Ramos —digo.

—Segurísimo. Si se lo ha tomado tan a mal, puedes estar seguro de que es suyo. Aparte de que es típico de él.

—Es la piscina pequeña antes de la piscina grande...

—¡Jajaja!

—Debieron de celebrar un conciliábulo familiar...

—¡Por supuesto!

—... Cuando no has nadado nunca, no te tiras directamente a la piscina grande...

—¡Te ha dado una buena tunda! ¡Jajaja!

Se termina la copa y saca del bolsillo la castaña que está de morros.

—¡¿La llevas encima?! ¿Te la has traído?

—No me separo de ella.

La cosa me emociona a más no poder.

—Se lo diré a Luc.

Serge acaricia con el pulgar la castaña ya un poco agrietada.

A la una de la madrugada, le entra la preocupación y llama a Jo al móvil. ¡Contestador! ¿Qué coño estará haciendo? ¡Me va a dar la noche, esta niña!... Hola, soy yo. ¿Dónde estás, Jo? Dime algo, por favor.

Le recuerdo que Joséphine es una chica adulta independiente que hace mucho tiempo que vive como le parece.

–¿Va a pasar la noche con un desconocido? ¡Pero si no lo conoce de nada a ese tipo!

–¡La noche! Si todavía es la una.

–¿Por qué no deja el móvil encendido? ¡En una ciudad extranjera! Pero ¿qué tiene en la cabeza esta niña?

–Es absurdo.

–No puedo acostarme sin saber dónde está.

–Mándale un mensaje. Por WhatsApp. Dile que a las siete nos vamos del hotel. El avión sale a las diez.

–Sí... Me levanto.

–Subamos. Aquí ya no vas a hacer nada más.

–Ve, sube tú. Yo voy a esperar un poquito. Has movido la lámpara, ponla bien. ¡La pantalla! Al revés, ¡al revés!

–¿A qué viene tanta preocupación?

–El americano, que me ha caído gordo. ¿Un judío de Seattle? ¡¿Sabías que es la ciudad de la droga?!

–Parecía simpático.

–Son los peores. Los grandes criminales parecen inofensivos.

–Vamos, Serge.

–¿Era necesario esto de Auschwitz? Con la mano en el corazón, ¿nos hacía falta esta escapada? Lo más probable es que acabe en un drama.

Desmenuza una pastilla azul y se la traga.

–¿Cuántas te tomas al día? Estoy cansado de esperarte. Venga.

Se ha levantado a su pesar. El hombre del bar se ha apresurado a apagar las luces. Hemos avanzado unos pa-

139

sos, delante del ascensor Serge ha dicho: echemos un vistazo fuera. Hemos salido, la calle estaba tranquila, iluminada tan solo en las inmediaciones del parque. Ha encendido un cigarrillo. Una silueta ha aparecido en la esquina. ¡Es ella! Serge se ha lanzado de cabeza hacia la aparición, un hombre bajito y enclenque de unos sesenta años, sin tronco, que llevaba una camisa de manga corta por dentro de unas bermudas con la raya planchada. El hombre nos ha dado las buenas noches en polaco y ha proseguido su camino. ¿Cómo has podido confundirlo con Jo?

–Estoy aterrorizado.

En el vestíbulo desierto se ha dejado caer en una butaca multicolor. Yo he hecho lo propio en otra. Un conserje de noche iba asomando y desapareciendo por una puertecita detrás del mostrador. Los fluorescentes del techo, bajados en intensidad, lo cubrían todo de una pátina verde. De vez en cuando un tubo parpadeaba. Un día entero bordeando raíles. Raíles a los que nada distingue de otros raíles. Vías férreas de campo como las que hay a kilómetros en todo el mundo. Ferrocarriles caducos, piedras machacadas en las que se acumulan las hierbas que hay que arrancar, barras de acero mantenidas en secreto, traviesas. Ferrocarril vía férrea ferrocarril vía férrea. Nana con su bolso rojo en bandolera delante del andén abandonado. Nanny Miro caminando envuelta en su abrigo a lo largo de los raíles de Birkenau. Nanny Miro, en la que hacía muchos años que no pensaba y de quien me acordé por la impresión que me había causado una imagen. Hasta que yo tuve ocho años, nuestra madre trabajó cuatro días a la semana de recepcionista en Martine & Belle, en la rue Saint-Honoré. Nos quedábamos al cuidado de una mujer ya mayor –llevaba un tocado de cabellos grises–, rechoncha y dulce que venía y se iba en autobús. No sabíamos nada de su vida, ni dónde vivía, ni si tenía marido o hijos. Sabíamos que había nacido en el Jura. Era una mujer sencilla y devota, siempre feliz de vernos, de una sencillez que aún hoy me conmueve y que tengo en alta consideración. Llevaba un bolso de piel blanda del que sacaba regalitos, caramelos o imágenes. Era la verdadera madre de nuestros primeros años. Hasta que un buen día ya no la vimos más. Fue a la vuelta de unas vacaciones, nuestros padres dijeron que había vuelto a su pueblo. Cuando pensaba en la palabra *Jura,* veía ruinas de fortalezas y de caserones aislados en un paisaje seco. No me imaginaba árboles en el Jura. Nunca supimos qué había sido de ella, nunca supimos nada más allá de su nombre. Germaine Miro desapareció engullida por los azares del destino y los caminos de colinas áridas.

En términos afectivos, no he sabido comportarme en estos lugares de nombres cósmicos, Auschwitz y Birkenau. He oscilado entre la frialdad y la búsqueda de la emoción, que no es más que un certificado de buena conducta. Del mismo modo, me digo, todos estos acuérdate, todos estos requerimientos furiosos a recordar, ¿no serán otros tantos subterfugios para alisar el acontecimiento y devolverlo con la conciencia tranquila a la historia? ¡Viva Cerezo!

A eso de las dos, Joséphine se ha presentado en la puerta giratoria de cristal. Nos ha visto repanchingados como dos vagabundos en medio de la luz lúgubre. ¿Qué hacéis aquí?

–Tu padre, que te creía muerta.

–¡Jo! ¡Hija mía, estás aquí! ¡Gracias, gracias, Dios mío! ¡Ven, Josèphe mía, ven a mis brazos, ven a los brazos de papá!

Jo ha ido a sentarse en el regazo de Serge, que la ha abrazado entre gemidos. Me miraba con cara de no entender nada. Y luego se ha quedado allí. La cabeza apoyada en el hombro de su padre. Su cuerpo, grande, rebosando curiosamente del de él. Al cabo de un rato ha dicho: Lara Fabian no es francesa, papi. Es belga.

Yo ya ni siquiera tenía fuerzas para subir a acostarme.

En París, Zita me espera en su casa con una larga bata verde acolchada y un vaso de whisky en la mano. Me ha dicho por teléfono que, además de los fémures y de la osteoporosis, por no hablar de la tiroides, ahora tiene un cáncer de ganglios. Es por prescripción médica, me dice mientras enciende un Chesterfield, lo pone en la receta. Mira: por la noche, una copa de brandy. Ha puesto brandy porque yo le he dicho brandy, pero puede ser un whisky escocés, qué más da. Le caigo bien. Soy su niña mimada. También quiere que camine con las muletas, mira, lee: *ida y vuelta hasta la panadería* (sabe que me gusta el pastel de semillas de amapola que hacen). Soñar es gratis. Lo del paseíto con las muletas, doctor, le he dicho, es como eso de despertar del sueño con la mano metida en el orinal. Es una expresión húngara. A tu madre, la pobre, le hacían hacer bicicleta. ¡Bicicleta! Pero ¿qué manía tienen en que nos movamos antes de morirnos? Pero este me entiende. Le he dicho: doctor, nada de dolor. Si tengo que morirme, me muero, pero bien. Nada de tratamientos estúpidos y nada de dolor. ¿Te acuerdas de mi pobre Max, que se retorcía en la cama, y el desgraciado del médico de familia, que hacía remilgos a las pastillas de morfina? Oye, ¿no parezco una loca así con el pelo todo desgreñado? Antoninos se ha jubilado. Era buena, pero le faltaba estilo. Ahora tengo a una vietnamita, una chica joven de gustos modernos y que también es manicura. Paga la cuota del Fondo Judío Unificado porque le hace las manos al presidente, que le dijo: ¿ya ha pagado la cuota de este año, Anh Dào? No pierden ocasión, estos bandidos. Cuando Max murió, me quedé con los huérfanos rumanos, el cáncer, la esclerosis en placas, la acción contra el hambre y no sé cuántas cosas más, pero mandé a paseo todas las asociaciones judías. Te acosan, se agarran a ti como sanguijuelas. Aún hoy hay algunas que me insisten. La sinagoga de Calcuta es toda de mármol gracias a Max. Son sesenta. Sé que está molesto conmigo. Tu padre hacía lo que fuera por Israel. Todo Israel le sacaba cuartos. Daba al ejército, a los programas de irrigación, a Dios sabe qué. Cuando murió, Marta cerró el grifo. Pero Edgar seguía haciéndola sentir culpable. Se le aparecía por la noche, ¿por qué ya no das a Yad Vashem? Él ponía mala cara y ella se despertaba con sentimiento de culpa. La verdad es que eres muy amable, venir a perder el tiempo con un vejestorio. ¿De qué trabajas? ¿Sigues siendo...? Ya no me acuerdo qué eras, querido.

–Experto en la conductividad de materiales.

–¡Ah, eso es! ¡Siempre has sido un crack!

–¡Qué va!

–La verdad es que vivir encerrada no es tan duro. Al contrario. Me ahorro ver a un montón de gente pesada. No sufro, más allá de los dolores que ya tengo. Por la noche abro la ventana, oigo la vida, los jóvenes que pasan. Marta se casó con un pelmazo que envejeció mal. La gente no sabe envejecer. Sobre todo los judíos. Ahora ya podemos decirlo, Edgar era un pelmazo, y un muermo de hombre. Ella tuvo un amorío con André Ponchon.

–¡Con André Ponchon!

–Mira, a veces hay momentos en que una mujer sucumbe.

–¡Pero no ante André Ponchon!

–Sí. Una sucumbe ante quien se ha mantenido firme. Un marido siniestro, tres hijos. Una se agarra a lo que encuentra, querido. No le des más vueltas, va. Están todos bajo tierra, qué más da. ¿Y Maurice? Ponme al día de cómo le va. No le cuentes mis miserias. Dile que salgo, que voy a conciertos, que me visto elegante, siempre con tacones altos, dile que me viste del brazo de Rubi Palatino, jajajaja, no, no se lo va a creer, además que Rubi también murió, a no ser que esté vivo, entierro a todo el mundo, pero, si no está muerto, ¿qué edad debe de tener, el pobre?

–¿Quién es Rubi?

–Rubi Palatino, un hombre clavado a Porfirio Rubirosa, todas las mujeres estaban locas por él. El marido de una clienta fue a la tienda de marroquinería que tenía en la rue de Provence a amenazarlo con una escopeta de caza. Yo no voy a dejar que me incineren como a tu madre. No. Ahora que he visto esa sala espantosa, esa ratonera con Marta en medio, sola, dentro de su ataúd, he cambiado de opinión. Yo quiero irme al otro barrio fuera. Una pequeña ceremonia al aire libre en Bagneux, y hala. La hija de Max me preguntó si estaba de acuerdo en que viniera el rabino. Lo ha oficiado todo en su familia, el *bar mitzvah*, la circuncisión de los críos, el entierro de los viejos. Si a Max le hace ilusión, pues que venga. ¿Qué más da?

El carácter reversible del juicio a partir de los mismos hechos es un fenómeno tan frecuente como inquietante. Hace seis meses, el falso argentino era un hombre de una gran virilidad, podría decirse incluso que de una virilidad moderna, un hombre a quien jamás se le hubiera ocurrido la idea trasnochada de tener que pagar la habitación de hotel, ni tampoco el restaurante, y que aceptaba con simplicidad masculina toda clase de obsequios y agasajos. Un hombre libre, había dicho Marion en un arrebato que me abstendré de cualificar. Hoy, vestida de ama de casa y planchando con furia una maraña de ropa, dice: es tremendo, el tío está a punto de cumplir los cincuenta y es incapaz de pagarle a su amante ni una vuelta en barca. Se deja invitar sin rechistar. Todo le parece la mar de normal. En el lago Daumesnil, mientras yo hurgaba en el bolso para buscar el monedero, ¡el tío se instaló, se subió las mangas de la camisa y se quedó esperándome con los remos en la mano! No tiene ninguna clase. Nunca una flor. Ni la más mínima atención. Es un rata. ¡Compadezco a su mujer! Entiendo que quiera divorciarse.

–Te parecía muy masculino –digo.

–Por otros motivos.

–No, no. Te parecía muy masculino porque una mujer enamorada es completamente idiota.

–¿Y un hombre no?

–Menos.

Pone los ojos en blanco. Me gusta cuando está desquiciada. Ahora me parece un miserable, dice en un chorro de vapor.

–¿Vas a dejarlo?

Se queda pensando y la emprende con una sábana bajera que no consigue colocar bien en la tabla de planchar.

–No vas a seguir con un tío que es un miserable, Marion.

–Preséntame a un tío que no sea un miserable.

Luc se mueve por el apartamento como una sombra. Roza las paredes al acecho del enemigo escondido. Dudo si decir *yo*. Sería una auténtica estupidez decir *yo*.

—Yo –digo.

—¡Tú! –se ríe.

—Reconozco que tiene gracia.

—Tú me haces infeliz. Y me dejaste. Y también eres un miserable.

Luc se pone un dedo delante de la boca para que no revele su presencia. Señalo discretamente la cocina, que es de donde creo que llega la amenaza. Se queda quieto en posición de alerta.

—¿De qué va a hacer en la fiesta del colegio?

—De algo italiano. Todavía no sé si tiene que ir de hincha de fútbol o de gondolero.

—Gondoleros vio en Venecia.

—No lo decido yo. ¿Te gustan mis tetas?

—Mucho.

—¿No crees que debería hacerme un lifting mamario?

—¿De dónde sacas esa locura? ¿Ha sido el cretino?

—Las tengo caídas.

De un salto furtivo, Luc gana el umbral de la cocina y pega la espalda al marco de la puerta. Le digo a Marion: ¿y si fuéramos al parque? Ya no llueve.

—¡Tú crees que las tengo caídas!

—¡Para nada! Y aunque las tuvieras un poco caídas, es excitante. No necesitas tener las tetas de una chica joven.

—Está bien. Vamos al parque.

El parque público de Bègues es el del antiguo Conservatorio de las Esclusas. Un lugar misterioso, que hace cuesta, con viejos bancos de madera.

Luc corre zigzagueando entre árboles y matorrales. Habla a media voz con un aliado al que manda señales cifradas.

En el césped que está prohibido pisar, un pequeño ejército de gaviotas contempla la estatua de Leda abrazada

146

al cisne. Aparece un niño con un peto rojo que se divierte espantándolas. Todas las gaviotas echan a volar y se posan un poco más lejos. El niño, impermeable a la bella disposición, las ataca de nuevo.

Marion me cuenta la historia de una de sus compañeras de trabajo que llamó a la página web en la que compra las croquetas para su gato. Las croquetas no están buenas, dijo, después de comérselas, mi gato está sediento.

–¿Qué sabor tienen? –preguntó la mujer al otro lado del teléfono.

–No lo sé –respondió mi compañera.

–¿Tienen el sabor habitual?

–Pero, señora, yo no me como las croquetas.

–¿Podría mandarnos el paquete?

–Sí.

–Pero el paquete tiene que estar herméticamente cerrado.

–Hum, sí, puedo volver a cerrarlo –dice mi compañera.

–No, el paquete no puede haber sido abierto.

Nos reímos. Se ha quedado un día bonito. Le doy un beso. Dice: tal vez debería comprar un animal para Luc, un conejillo de Indias, o un loro.

–¿Por qué no un perro o un gato?

–Los gatos me dan miedo. Y el perro, ¿quién lo sacaría a pasear?

Caminamos alrededor del estanque rectangular. Luc corre delante de nosotros con los brazos abiertos.

Marion dice: a veces creo que deberíamos vivir los tres juntos.

Es el momento de pronunciar algo decisivo, pero no se me ocurre nada. No sé si es que me faltan las palabras, si es el cerebro que se ha aturullado al verse cogido por

147

sorpresa, o si es algo más que se ha apagado y que ninguno de los dos termina de comprender.

Creo que tiene motivos para creer que soy un miserable.

Desde que volvimos de Auschwitz, Nana y Serge han tomado la decisión común y no concertada de dejar de hablarse. Me ha tocado escuchar sus quejas respectivas, puesto que los dos se han empeñado en describirme al otro como una persona *objetivamente* intratable y de terminar con un: si no fuera porque es mi hermano (o mi hermana), no tendría ningún motivo para verlo (o verla). Ambos han tratado de atraerme a su bando. Mi posición conciliadora no ha hecho más que caldearlos y me ha valido los atributos de cobarde, de persona que nunca ha tenido hijos y no sabe qué es tenerlos, de sumiso, de blando y de defensor de valores familiares absurdos.

Por muy extraño que pueda parecer, el último punto no carece de fundamento. La biblioteca de nuestros padres era sucinta y apenas se iba renovando. Ocupaba un pequeño lienzo de pared en el recibidor de la rue Pagnol, y entre los tratados oscuros, las revistas de ajedrez, un popurrí de libros sobre Israel y sus hazañas, las vidas de Golda Meir, de Menahem Begin o cosas esotéricas como *Dianética* de Ron Hubbard, podían encontrarse pese a todo algunas novelas. Antes de la adolescencia, no recuerdo haber leído nada más que cómics. Pero siempre me gustó mirar y tocar los libros. Me gustaban los títulos. Bastaba con los títulos, que dejaban entrever otros mundos incluso cuando iba desencaminado. Mis preferidos, cuando acudía al recibidor en busca de tristeza, eran *Sin familia,* de Hector Malot, y *Poquita cosa,* de Alphonse Daudet; también, aunque en menor medida, porque no estaba seguro de poder asociarlo a los otros, *Las tribulaciones del estudiante Törless*, de Musil. Eran los libros de la desgracia, pero no de una desgracia cualquiera. Eran los libros del niño abandonado, del huérfano. Me parecía que no tener familia y estar solo en el mundo eran una y la misma cosa, la condición existencial menos envidiable de todas. ¿Quedó algo de todo aquello? ¿Están mis intentos por volver a unir a los hermanos relacionados con aquel viejo esquema? Salía de mis clases en la Politécnica, en Saclay, cuando me llamó. A todos sus defectos cabe añadir el mal karma telefónico. Aunque me cuesta imaginar, aplicado a él, cómo podría ser un buen karma telefónico. El autobús estaba llegando. Él quería verme. Para abreviar, acepté que nos viéramos esa misma noche en un café cerca de mi casa. Me arrepentí no bien colgué el teléfono. Ya en el tren de cercanías, estuve a punto de llamarlo. ¿De qué servirá? ¿Qué sentido tiene aplazar una cita de la que no te puedes librar?, me dije. Pero ¿por qué no puedo librarme de este castigo?, pensé. ¿Por qué no tengo el valor de aducir una indisposición psíquica, de invocar una clase de neurastenia posauschwitzeana? Claro que sí. ¿Estoy a tiempo de hacerlo? ¡Qué complicación inútil! ¡Cuánto tiempo perdido! ¿Existe algún imperativo para esta clase de casos? ¿Una especie de *mitzvah* relativo a alguien como Ramos Ochoa?

Lo tengo delante. Los hombros caídos y el rostro abatido. Le ha crecido el pelo, unas hebras blancas y retorcidas se resisten a unirse al resto. Lo veo coloradote. ¿Habrá bebido ya? Él pide un Chardonnay. Yo un Perrier con limón. Moja los labios en el líquido amarillo y se relame. Yo corto la corteza de la rodaja de limón y vuelvo a meterla en el agua. Saca un pañuelo y se suena escandalosamente. El polen, me dice. Me pregunta si el viaje me ha sido de provecho. Es la palabra que utiliza. Ni que decir tiene que estoy tenso desde los preámbulos. Le respondo que no esperaba nada concreto de este viaje y que aún no tengo claro cuáles serán sus implicaciones. Nana ha vuelto alteradísima. Asiento con la cabeza. A ver por dónde sale. ¡Pero he olvidado con quién estoy! No tiene ninguna prisa. Se instala un silencio absurdo. Aguantamos. Al final, con la mirada vidriosa, dice: la maltratáis. ¿Por qué?

—¡A saber qué te cuenta! —exclamo de forma irreflexiva.

—Me lo cuenta todo. Incluso lo que decís de mí.

—¡Pero si solo la chinchamos! —digo entre risas.

—Yo no trabajo en la función pública. Vivo sin ninguna red.

—Lo sé.

—Dame un contrato fijo y firmo ahora mismo.

—Ramos, sé más inteligente que ella. ¡Ya nos conoces, son bromas!

—Precisamente porque os conozco, sí, pero da igual —dice con una voz de glotis calma y tremendamente moderada.

No hace mucho supe que preparaba bocadillos para los indigentes que viven debajo de su casa.

—Bueno. Pero no es por eso por lo que querías verme, ¿no?

Mueve la copa de vino. Niega con la cabeza. Se le nota que le duele sacar el tema tan deprisa.

—Antes que nada —prosigue marcando un tempo imposible—, quiero que sepas que el proyecto de *fast food fusion* de Victor es excepcional. Y no lo digo yo.

—No me cabe duda.

—Presentó el plan de negocio al chef tutor que lo asesora, que te advierto ha sido nombrado Mejor Artesano de

Francia. El tipo le ha dicho: muy sencillo, si lo montas, yo invierto. El chef pastelero que tenía al lado dijo: yo también. En cuanto al profe de gestión, confirmó que el modelo era más que viable.

–Estupendo.

Ahora estoy seguro de que no es su primera copa.

–Puede que no haya recibido ninguna educación...

–Para, Ramos...

–Pero lo he convertido en un emprendedor. Este chaval es un emprendedor, no un empleado.

–No.

–A su edad yo también tenía alas. Pero no tenía don de gentes.

–Hum.

Se trinca el Chardonnay y hace señas para que le traigan otro. Yo pido un Côtes-du-Rhône.

–Una madre no puede oír cómo denigran a su hijo. Menos aún sin razón y si quien lo hace es su propio hermano. A una madre no le puedes pedir eso.

–Se defendió –digo–. Defendió a Victor. No se dejó avasallar.

–Se quedó destrozada.

–No seas exagerado.

–No duerme. Está fuera de sus casillas. Ayer me molió a palos porque lavaba la lechuga demasiado lento y luego se derrumbó ahogada en lágrimas después de vaciar la cazuela con la pasta al lado del escurridor.

–Quizá laves la lechuga un poco lento...

–Está desquiciada y triste.

–¿Qué puedo hacer?

–Tienes que convencer a Serge de que le pida perdón.

–Ramos, a estas alturas, Serge está en la lógica de esperar él disculpas de parte de Victor.

151

–Victor no va a pedir disculpas porque no tiene nada de que disculparse –dice en voz mucho más alta.

–Entonces no nos metamos.

–Nana tiene razón, estás sometido a Serge.

No tengo tiempo de meditar sobre la familiaridad (y la insolencia) inédita de esta frase porque me vibra el móvil. ¡Maurice! Discúlpame, digo, es Maurice. ¿Dígame? ¿Maurice?... Una voz de hombre canta «Ochi chornye», luego la voz de Paulette que grita al aparato: ¿lo oyes? ¡Se ha tomado su copita de champán y ahora canta!... ¡Sí, sí, lo oigo!... Pongo el altavoz para Ramos... Incluso mermada, la voz de Maurice conserva el vigor y las notas de pasión de que son capaces los viejos... «*Ochi chornye, ochi strastnye...*» Ramos observa el teléfono con pavor. Maurice canta «Ochi chornye» de principio a fin. Cuando termina, aplaudo. ¡Magnífico!, digo. Se oye un carraspeo tremendo. Bueno, te dejamos, grita Paulette.

Ramos dice: ¿qué tal está?

–No se mueve de la cama.

Asiente con consternación.

–Los siguientes seremos nosotros.

Se suena y se frota los ojos. Observo sus párpados inferiores, cargados. Nunca me había fijado en que tuviera tantas bolsas en los ojos. Noto cómo se abre paso en mi interior la ternura, esa clase de ternura tan sospechosa que se apodera de nosotros cuando la gente muestra signos de melancolía. ¿Puede que sea un buen hombre, este Ramos? Un hombre bueno e inadaptado que trata de conservar las riendas de su vida.

–¿Y qué hacemos? ¡Perdemos el tiempo rajando unos de otros! –dice–. Estamos viejos. Ya hemos pasado la edad de las riñas.

Ah, ¡ya vuelve con sus cosas! Además sería capaz de deprimirme, este cabrón.

Digo: toda la gente que conozco se pelea hasta la muerte. E incluso después.

Asiente con la cabeza.

—Es vuestra hermana pequeña... –dice dando un trago.

—¿Por qué no llamas directamente a Serge? ¿Por qué pasas por mí?

—Porque tú eres normal.

—¡Albricias!

—Eres el único que está equilibrado.

—Ya no sabes lo que dices.

Es un hecho incontestable: a los cuervos, cornejas, palomas y quizá a los patos les encanta la rue Grèze. Están por todas partes. En la marquesina de la esquina con Honoré-Pain, en los tejados y en la barrera de seguridad de la guardería, en el murete y en los árboles de la Asociación de Culturas Francófonas, charlan en la acera y emprenden el vuelo con altivez para dejar paso a los transeúntes. Los vecinos convocan reuniones extraordinarias y piden presupuestos que la mayor parte de las veces no llevan a ninguna parte. Como el correo de esta mañana: *Después de la visita a casa de la señora Lupesco, molesta por las cacas de paloma, me complace mandarle adjuntos dos presupuestos. El primero es por los alféizares de las ventanas de la casa de la mencionada señora, este presupuesto resolverá solo una pequeña parte del problema porque las palomas se posan en el borde de las contraventanas donde por desgracia no podemos hacer nada, la solución sería cambiarlas por persianas o por postigos abatibles. El segundo es por el tejado de zinc del garaje, ya que durante mi visita en casa de la señora Lupesco vimos a una señora de la administración de la comunidad y las dos pidieron un*

153

presupuesto para la instalación de pinchos en toda la superficie del tejado. Yo ya les expliqué que no soy partidario de esta clase de instalaciones porque se ensucian enseguida, cualquier cosa se engancha encima (bolsas de plástico, hojas, trapos, etc.), si hay que hacer obras en el tejado la cosa es más complicada y además algunos vecinos se niegan a vivir frente a frente con una hilera de pinchos. Un cordial saludo, Antonio Sanchez. KAKOR. Desratización, desinsectación, desinfección.

«Algunos vecinos» soy yo. La visión de los pinchos me agobia. Y ello no impide que en la rue Grèze los pájaros hagan lo que quieran. Lo que sorprende es su incapacidad de quedarse en algún sitio. Los mueve una impaciencia febril, una sed insaciable de nuevos puestos de observación, diría incluso que de nuevas actividades, pero a menudo no hacen más que posarse en un sitio para luego ir a posarse en otra parte, huir de una balaustrada para aterrizar en la de enfrente y al revés, saltar a la calzada para volver a subir a la acera, bordear un canalón, correr hacia una chimenea y volver al canalón. Sin lógica ni descanso. Fobia a la inmovilidad. Pánico al tiempo muerto. Pienso en Thomas Bernhard, que se marchaba a Nathal para recuperarse de Viena y volvía a Viena para curarse de Nathal a un ritmo cada vez más corto de idas y venidas, con algún que otro salto fugaz a otras ciudades de prometedores nombres, y que se definía con esa fórmula magnífica de *el más infeliz de los recién llegados,* que siempre me ha recordado a Serge, incapaz de alegrarse de estar en determinado lugar sin aspirar enseguida a dejar de estar allí, poniendo durante toda su vida la excusa de que se tiene que *largar.* Nuestro padre decía: es un culo de mal asiento, ¡siempre está mejor en otra parte! A sus ojos eso no auguraba nada bueno. En esa agitación no veía más que vanidad, un síntoma de locura o enfermedad. Yo nunca creí que fuera mera agitación.

Los pájaros no están agitados ni locos. Buscan el mejor lugar y no lo encuentran. Todo el mundo cree que hay un lugar mejor en el que estar.

Estoy en su piso amueblado del Campo de Marte. Un apartamento oscuro de una habitación e inspiración convencional con algún toque excesivo como unos cojines turquesa con estampado de leopardo. ¿Lo ha decorado Seligmann?, pregunto.

–Vete a saber.

Salvo por la mesilla de noche, el Ganesha en mil pedazos dentro de un cuenco, los blísters de medicamentos apilados o los libros, no hay el menor rastro de Serge. En el salón, ayudada por un tubo de PVC gris a guisa de tutor y por unos ganchos debajo de la moldura, una planta trepa por la pared y bajo el techo bordeando la ventana. Unas flores blanquecinas, estrelladas y en umbela parecen producir un jarabe que gotea en el suelo. Qué horror de planta, digo.

–Oh, mierda –exclama Serge–, ¡me olvidé de regarla!

Se va pitando a la cocina y vuelve con una regadera de plástico rosa rematada por un pitorro largo y curvo. Luego, con una esponja, se encarga de quitar las manchas que el líquido ha dejado en el parquet. ¿Por qué no la tiras? Es asquerosa.

–Imposible.

–¿Por qué?

–Es una entidad protectora.

–¿En serio?... ¿De dónde lo sacas?

–De Patrick. Intentó deshacerse de ella, pero la planta le hizo saber que tenía que quedarse.

A principios del nuevo siglo, me cuenta mientras termina de limpiar con una espátula, Patrick Seligmann se fue a vivir con Lucie Lapiower, una clienta del Metal. Los padres de Lucie, entre otras dádivas, les regalan esta planta, una planta que ellos vieron nacer y que creció en su tienda de zapatos. Patrick no tarda en cogerle manía, pero Lucie quiere conservarla para no hacer un feo a sus padres. Patrick decide matarla a hurtadillas alimentándola con lejía. Al principio vierte poca porque teme que el olor lo traicione, pero luego pone cada vez más. La planta permanece imperturbable. Patrick se envalentona. Echa Destop y Ajax. La planta ni se inmuta. Incluso parece que gana en altura, de tal modo que los padres se presentan una tarde con un taladro y herramientas para ayudar a su desarrollo mural. Patrick decide cortar las raíces. Cuando se pone a ello, teme quemarse las manos con los productos decapantes, se pone unos guantes de fregar y corta con unas tijeras grandes de cocina lo que parece una raíz gruesa. La planta está más sana que un roble. La riega con agua hirviendo. Sale humo pero no pasa nada. Una amiga versada en sortilegios le sugiere que ponga un diente de ajo en el fondo de la maceta. Su propia madre le diría: ¡sobre todo, nada de ajo! ¡Es reconstituyente! Lucie se enamora de un corredor ciclista y se marcha a Perpiñán dejando toda su vida atrás. Llegados a este punto, Patrick ya no ve la planta con los mismos ojos. Es un espíritu maléfico contra el que en ningún caso debe seguir luchando. Una voz interior le prohíbe abandonarla. La instala a sus anchas en un apartamento amueblado del Campo de Marte. Cuando se lo presta a Serge, le cuenta todo de forma optimizada y cambia «espíritu maléfico» por «entidad protectora».

Esta es la historia. O, al menos, lo que yo he logrado descifrar del relato de Serge.

Seligmann está tan chiflado como tú, digo. Sois tal para cual.

156

–Él lo está mucho menos.

Se sienta en el sofá marrón. Se coloca uno de los cojines de leopardo sobre las rodillas y empieza a darle golpecitos y a alisarlo con la palma de la mano.

–Bueno –dice después de un silencio mientras sigue con el curioso planchado–, cuando volví de Auschwitz fui a ver al cardiólogo. Prueba de bicicleta, normal. Electrocardiograma, normal. Me hacen la ecografía y todo sale mal, soplo aórtico y dilatación de la aorta. Me dice: el soplo es débil pero lo de la dilatación de la aorta puede ser grave. Sobre todo teniendo en cuenta que está a la altura del cayado, un lugar difícil de operar. ¡¿OPERAR?! No, no, no en esta fase. La dilatación no es muy importante, pero hay que vigilarla de cerca porque a partir de cierto diámetro puede producirse una ruptura. Lo que equivale a la muerte. –Vuelve a dar golpecitos al cojín–. Me manda hacerme un TAC, que es más preciso que la ecografía a la hora de medir la dilatación. Me hago el TAC. El radiólogo mide cuarenta y siete milímetros de dilatación en la raíz de la aorta, lo mismo que el cardiólogo...

–¡Para ya con el cojincillo!

–Sí. Total, dilatación confirmada. Y me dice, por si fuera poco, que tengo una mancha en el pulmón. Que hay que revisarla dentro de tres meses para ver si se mueve. Hasta aquí el chequeo. –Tira el cojín–. Llego, no tengo nada y de pronto me encuentro con tres cosas. Un soplo, una dilatación y un nódulo pulmonar.

Sigue un silencio.

–¿Has visto a algún médico después del TAC?

–A una neumóloga. Que me dijo lo mismo. Lo mismo puede ser nada que lo peor. Habrá que comprobarlo dentro de tres meses. Ya tengo cita.

–¿Te hinchas a Xénotran? –digo en broma (estoy a punto de pedirle uno).

–No más de lo normal. En cambio, sí hay un nuevo protocolo de conjuros: diálogo con la planta.

–¿Le hablas?

–Por supuesto.

–No confío mucho en esa planta.

–Anoche me comí una tableta de chocolate entera. Solo guardé dos pastillas en la nevera. Por educación. ¿Quieres?

–No.

–Yo era invencible. Todo se ha ido al garete.

Hacía mucho tiempo que no sentía tanta opresión. En ese cuchitril siniestro que da a la siniestra callejuela en la que no hay la menor vida y donde los grandes castaños no hacen sino confirmar el aspecto sepulcral, me siento de pronto reducido a la nada.

Se levanta y vuelve con una imponente caja rectangular en la que, al lado de una grúa amarilla sobre un fondo de ciudad americana, leo *SUPER CRANE, Superpowerful.*

–Grúa de construcción eléctrica, ¡para Marzio! Mide un metro de altura. Con control remoto. Cien euros, de oferta en La Grande Récré.

Me pregunto si Marzio se pondrá tan contento como lo está él.

–¿Te parece que tengo que envolverla con papel de regalo?

–Sí, es mejor. ¿Cien euros?

–Ya, es un robo. Pero no quería parecer un pringado, ya me entiendes. No puedo presentarme con una mierda de regalo.

–¿Habéis hablado?

–Por sms. Ahora me da miedo que a Valentina le parezca un armatoste. Es una maniática del orden.

Enciende un cigarrillo.

Con las cerillas, ha sacado la castaña de Luc. Vuelve a guardársela en el bolsillo.

–El cumpleaños es el sábado 12. La habitación de Marzio es pequeña. Va a refunfuñar porque ocupa demasiado, la conozco.

–¿Sabes qué se me ha ocurrido? Si te parece mala idea, dímelo. Luc tiene la misma edad que Marzio, me decía que podríamos presentarlos...

–¿Por qué no?

–Sí... Pero Luc está en su mundo, es muy introvertido. No es que tenga muchos amigos. Me preguntaba, aunque quizá no sea buena idea, si no podría ir al cumpleaños de Marzio.

–Llama a Valentina. Seguro que te dice que sí.

–¿A ti qué te parece? Eso querría decir que yo también voy. Luc es tímido, no iría solo.

–¡Sí! ¡Ven tú también! Solo con pensar en ese cumpleaños me entra terror. Si vienes, mejor.

–Desde que os separasteis que no la he llamado... No. No tiene ni pies ni cabeza. Olvídalo.

–¡Qué va! ¡Tienes que llevar al chaval! Ya la llamaré yo.

–Si notas la más mínima reticencia, no insistas. No es más que una idea que se me ha ocurrido.

–Descuida.

Nos quedamos en silencio. Apaga el cigarrillo en un vaso turquesa y saca otro que agita entre los dedos. En la mesa baja de madera barnizada y dos niveles no hay más que ese vaso y la enorme caja de la grúa.

–Tendría que haber pedido que la envolvieran –termina por decir–. Me dio pereza hacer cola. ¿Sabes algo de los Ochoa?

Digo: no.

–¿Va a montar el *fast food*, el cretino?

–Probablemente.

–El tunecino ha plantado a Joséphine. Ya era hora.

–¿Estás seguro de que tienes que fumar?

–Segurísimo.

Tengo la impresión de que la planta produce otra gota de ese líquido pegajoso.

Había previsto contarle lo que me dijo Zita de André Ponchon, un hombre que resurgía de un pasado en el que no era nada. Me había relamido con solo pensar en contárselo. Pero no tengo ánimo, no estoy de humor para frivolidades. André Ponchon ha vuelto al lugar del que venía, una forma sin contornos que se disgrega como arena gris.

Poco antes de las seis de la mañana me ha sonado el móvil. Lo apago o lo pongo en modo avión todas las noches. Menos esta. Por olvido o mal presagio. Es Paulette. Maurice ha muerto. Está extrañamente serena, casi fría. Ha tenido un ataque de tos, dice. Se ha ahogado. Qué quieres.

–¿Estabas con él?

–No. Estaba la del turno de noche –baja la voz–. Una de estas antillanas, a cuál más gruesa.

–¿Dónde estás?

–Con él. La chica me ha llamado. –Bajando la voz–: Me ha dicho el señor Sokolov ha fallecido con una voz tan floja que no he entendido nada.

–Paulette, tengo una cita en un sitio con unos clientes indios, no podré ir hasta la tarde.

–Su hijo está en camino.

–¿Viene de Boston?

–De Tel Aviv. –De pronto, entre gemidos–: ¡Parece

un bebé! ¡En su cunita, con los barrotes! Era de esperar, pero qué quieres...

–Sí, lo sé, Paulette. Te mando un beso. Hasta esta tarde.

Así que el mundo ahora existe sin Maurice. El mundo que ven mis ojos, mi habitación por cuyas persianas se filtra ya una luz pálida, la rue Grèze, la rue Raffet, Israel, Rusia, el cielo, el mundo de hoy ya no contiene al primo Maurice. Maurice Sokolov ha terminado su pequeño viaje circular de la cuna a la muerte sin que nadie, ni siquiera él mismo, supiera la finalidad. *¿Por qué razón vivió Criatura? ¿Y por qué ha muerto?* Cuando era pequeño me repetía las palabras que Sholem Aleijem se dice a sí mismo en su cuento más desgarrador. Criatura ha muerto. Se acabó la alegría, terminó el verano. *¿Qué significa vivir? ¿Qué significa morir?* Que corra, cante o se sacuda el agua en el río con sus amigos. *¿Por qué vivió? ¿Por qué ha muerto?*

Y he aquí que, cuando lo creía sepultado en algún lugar recóndito de mi cerebro, me acuerdo de nuevo de su amigo de siempre, Serge Makovsky, muerto hace muchos años, un gigante juerguista y divertido que terminó sus días en una soledad de angustia y tinieblas que ningún medicamento logró apaciguar. Lo oigo de nuevo decir con su acento ruso, llegando sin afeitar a aquel restaurante, yo debía de tener quince años: lo veo todo negro, por la mañana, por la tarde, por la noche, lo veo todo negrrro, negrrro. Durante años me acordé del sonido terrible que salía de la boca de aquel coloso y de la imagen resultante de cuerpos y objetos rotos, LO VEO TODO NEGRRRO, NEGRRRO.

Así que me levanto en este nuevo mundo en que Maurice ya no existe. Me arrastro hasta el cuarto de baño,

161

dejo correr el agua pensando que no veré más su nombre en la pantalla del móvil, que no iré más a la rue Raffet. No habrá más copita de champán ni pie que se ponga a temblar. No habrá más gorro de astracán ni sombrero de verano, no habrá más Sheraton, ni Raffles, ni mujeres locas que llamen de noche a la puerta de la habitación. Te has caído en la trampilla de la muerte, Maurice. No habrás cumplido los cien años.

Es verdad que ha encogido. Es otro Maurice que nunca habíamos visto, ese que yace con una camisa rosa bajo una sábana blanca que le llega a la cintura, el pelo bien peinado hacia atrás. El aseo mortuorio ha suavizado al viejo en provecho de un gran muñeco de cera. Paulette nos ha hecho entrar en la habitación y ha cerrado cuidadosamente la puerta. Es por la corriente, ha dicho con una especie de guiño que dejaba ver que nos quería proteger de Cyril, el hijo de Maurice, y que se encargaría de que no entrara mientras le damos el último adiós. Los postigos están cerrados. En la mesilla de noche medicalizada no hay más que dos velas perfumadas cuyas llamas titilan con suavidad. En el taxi que nos ha traído, Serge ha dicho: he ido hasta Polonia, he estado en Birkenau y no he sido capaz de poner los pies en la rue Raffet. Hacía más de un año que Serge no veía a Maurice. La última vez fue cuando fuimos a verlo al hospital después de que se cayera en el Dyadya Vanya. Maurice nos recibió desmembrado, enyesado, vendado y en parte suspendido. ¿Cómo te encuentras?, le dijo Serge inclinándose sobre su cuerpo con una expresión de abatimiento. No me he encontrado mejor en mi vida, respondió Maurice. Desde que Maurice había vuelto a la rue Raffet para afrontar su triste existencia de desvalido, desde que su panorama se había reducido a la habitación y al sofá de terciopelo acanalado, Serge no le había hecho caso. Le había llamado por teléfono una vez. Maurice estaba durmiendo. No volvió a llamarlo nunca más. Ni siquiera después de Auschwitz había ido a verlo como había decidido que haría, pero la diferencia, me ha dicho abatido en el taxi, es que no ha habido un día en que no pensara en hacerlo, incluso había previsto llevarle el CD con los opus 109 y 110 de Beethoven interpretados por Dina Ugorskaya, que Maurice había oído por casualidad en la radio dos años antes, y de los que había dicho que solo una judía rusa exiliada, y de esa belleza, podía tocar con semejante mezcla de humor e intimidad, pero no había pedido el CD por falta de tiempo, porque estaba ocupado con otras cosas, por el impedimento mental, es decir, por su asqueroso egoísmo, ha dicho en el taxi.

En la habitación nos quedamos en silencio. Cada uno a un lado de la cama, que ahora tiene los barrotes bajados. Me viene a la memoria el animado descenso por los Campos Elíseos detrás del hombre cuadrado con abrigo de lana de camello, nosotros estirando las piernas para no perderle el paso, hasta el Normandie, donde nos esperaba Kirk Douglas con un esquimal. ¿Puede ser que también Serge reviva aquel trayecto de pura alegría?

Basta una sola imagen para contener a un hombre entero.

Ya de regreso en el salón, Paulette ha servido la copita de champán. En el sofá de terciopelo acanalado, delante de la inmensa, tierna y vagamente excitante reproducción de *L'Odalisque* de François Boucher, están Maddie, la tercera mujer de Maurice, Tamara Blum, que se ha convertido en una renacuaja de pelo malva, y Yolanda, la enfermera guapa de la tarde. ¡Venid y sentaos, chicos!, dice Paulette. Los

163

chicos somos nosotros, el fisioterapeuta y Cyril Sokolov. Las mujeres se hacen a un lado para dejarnos sitio. Unas pantallas de seda amarillenta con flecos dispensan una luz que es para pegarse un tiro. Ya conocéis al señor y la señora Fonseca, que nos salvaron la vida, dice Paulette trayendo dos sillas más. Sentados en dos falsas sillas Luis XVI, pegadas una a otra, el portero y la portera se levantan para saludarnos. Cyril debe de tener más o menos la edad de Serge, pero el peinado típicamente americano lo sitúa enseguida del lado de los viejos retocados. Solo los americanos, pienso, pueden combinar este descarado tinte color avellana en la parte de arriba y una frontera tan marcada con las sienes y las patillas blancas. Nada en él recuerda a su padre, es un ser banal y panzudo salido de quién sabe dónde. (No reconocería a su madre. Solo la vimos de refilón en la boda en Tel Aviv.) Se ha sentado en una silla aislada más alta que el sofá. Nos ha dado las gracias a Serge y a mí por haber ido, por habernos preocupado tan amablemente de su padre, sobre todo durante este último año agotador (atrapado entre Tamara y Maddie, Serge farfulla algo para decir que el cumplido no le atañe, pero Cyril no escucha), nos dice que Maurice nos quería mucho, que le hablaba de nosotros, etc. Cualquiera que lo oyera creería que padre e hijo eran íntimos, dos seres inseparables hechos de la misma pasta a los que tantos kilómetros de distancia no habían sino acercado más. Maddie le pregunta si está contento en su nuevo trabajo. ¡Lo que ha dicho! Mucho, responde él chupando una aceituna. Y, para interés de todos los presentes, empieza a explicar con todo detalle en qué consiste su condición de experto en evaluación de empresas. Tamara y Maddie asienten con decisión cuando pronuncia las expresiones *crecimiento externo* o *procesos de cesión,* y, cuando llega el turno de su gran implicación en las cuestiones de *management* responsable y sostenible, propulsa el mentón hacia delante, reproduciendo la expresión de humilde satisfacción de Bill Clinton. ¡Ay, Paulette mía!, suspira mientras la agarra del hombro. ¿Dónde compras estas aceitunas? Serge pregunta a sus vecinas si puede fumar. Yo preferiría que no, dice Cyril, tengo brotes de asma desde que me divorcié por segunda vez. ¡Un Casanova, como su padre!, dice Maddie. Cyril ríe de contento. En nombre de Maurice, declara Paulette, ¡propongo un brindis por todos los que le hicieron tanto bien! ¡Por Yolanda!... ¡Por Yolanda! ¡Por François, un héroe! (el fisioterapeuta abre los brazos en señal de yo solo he hecho mi trabajo)... ¡Por François!... ¡Por Margarida y João, que se han convertido en amigos y que merecerían la medalla de la generosidad y el corazón! ¡Por Margarida y João!... João Fonseca se levanta y, con lágrimas en los ojos, dice: ¡por el señor Sokolov, al que tanto queríamos en el edificio!... ¡Por Tamara, continúa Paulette, su amiga más vieja!... ¡Por Tamara!

–No me parece que esto merezca un brindis –dice Tamara.

–¡No te hagas la modesta!

–Para empezar no se dice vieja, sino antigua. Su amiga más antigua.

–¡Su amiga más antigua! ¡Y la más puñetera!

–No sabe estarse callada. Habla por los codos, tiene que llenar todos los huecos con palabras –me dice con disimulo Tamara.

–Diviértete, estoy sorda –dice Paulette.

–Pero no muda –dice Tamara.

–¿Dónde está Albert? –pregunto.

Tamara me mira con cara de asombro. Maddie se inclina y me sopla: lo enterramos hace un mes.

–¿Y qué tal Auschwitz? –exclama Paulette, que quizá ha descorchado el champán un pelín demasiado pronto–. ¡No me habéis contado nada de Auschwitz! Fueron a Auschwitz con su hermana. ¿Qué tal fue, hijos míos? Espantoso, ¿no?

–Ah, ¡¿vosotros también habéis ido?! –dice Cyril–. Tendría que ser obligatorio. Yo volví metamorfoseado.

(De nuevo el mentón de Clinton.)

–¿En qué? –dice Serge.

Los Fonseca tratan de seguir la conversación.

Tamara va diciendo que no con la cabeza en un desconcertante movimiento perpetuo.

Serge se levanta.

–Discúlpame, pero voy a fumar a la ventana.

–¡Pues yo voy a fumar con usted! –dice Maddie presa de una excitación repentina–. Si no le importa.

–¿Me trata de usted, Maddie?

–No me digas que te suelo tutear... Para que veas si estoy afectada.

Tamara dice: esta de aquí no parará de insinuarse hasta el cementerio.

¡Saca tu bilis, Tamara!

Sonrío a la enfermera. Es mona, esta chica recta y silenciosa.

Paulette se deja caer en el sofá. ¿Te acuerdas, Cyril, de aquel día que Maurice salió de casa de los Cronstadt haciendo marcha atrás y se cargó la parte trasera del coche y les chafó todo el parterre de hortensias? ¡Jajaja! Era negra noche, ¡no veía el cambio de marchas! ¡Cuánto nos reímos!

Cyril sonríe a la americana, con unos dientes que parecen haberse ensanchado de forma extraña desde la última vez.

166

—¿Qué es de los Cronstadt?

—Murieron, querido. A estas alturas vamos cayendo como moscas, ya lo sabes. François, estas tostaditas con salmón las he hecho para usted.

—Ya he comido tres —dice el fisioterapeuta.

Paulette se levanta y acciona un interruptor.

—¡No! Apaga la luz del techo, Paulette, te lo ruego —exclamo.

Cuando nos vamos, me la llevo un momento a un aparte. Nadie me ha dicho que Albert Blum había muerto, digo.

—¡Pues sí! Qué quieres... Tamara lo llevó a una residencia, aguantó tres días.

Le pido que me explique el cambio de estado de ánimo de Maurice. Después de haber insistido una y otra vez para que lo ayudara a poner fin a su vida, de pronto dejó de hablar del tema. Incluso antes del ataque parecía que había aceptado su destino. Antidepresivos, me sopla Paulette al oído.

—¿Y él lo sabía...?

Niega con la cabeza.

—¡Qué va! Le desmenuzaba la pastilla en el yogur.

En el taxi de vuelta, le pregunto a Serge: en una isla desierta, ¿Ramos Ochoa o Cyril Sokolov?

—Me lo pones muy difícil.

—Sabiendo que ninguno de los dos sabe cazar ni cortar leña.

Asiente. Piensa.

—Cyril Sokolov —dice al fin.

Estoy de acuerdo. Ha vivido. Puede hablar de Massachusetts.

167

La respuesta de Paulette ha desatado en mí un seísmo obsesivo. Sí, me digo con los ojos bien abiertos en medio de la oscuridad, estaba dispuesto a preparar con mis propias manos el brebaje letal. A pesar de las humillantes exhortaciones a no entrometerme, estaba dispuesto a tenderle el vaso y la pajita. Había aguantado el discurso indignado e infantilizante del profesor Soulié-Ortiz, de quien me habían dicho que podía –con algunas condiciones– conseguir el cóctel mágico. Tú no te rendías, apenas cruzaba el umbral de tu habitación, me decías: ¿en qué punto está la cosa, querido? Yo admiraba tu tenacidad de querer suicidarte, Maurice, era un aspecto más de la desenvoltura que había teñido tu vida. Yo era tu compañero de armas. Tú me habías designado y yo era el hombre que necesitabas. Daré con la receta, me había prometido, cruzaré los límites para sacarte de la triste desgracia en que se ha convertido tu vida. Una pastillita triturada en el yogur y *bye bye* al intrépido proyecto, rumiaba tumbado, el cuerpo tieso y amargo. El paseo con el fisioterapeuta y la maraña de tubos (después de haberte mostrado reacio a todos los cuidados), el salmón que volvías a aceptar, la copita de champán de la noche eran para estar tranquilo, me había dicho, para no decepcionar al enjambre de personas que te mimaban y regañaban, eso es lo que me había dicho, y en mis mejores momentos me parecía desgarrador y admirable que tú, el hombre más impaciente del mundo, lucieras aquel semblante fatalista. Que te hubieras acomodado a la situación, debo confesarlo, me dejó pese a todo un regusto de decepción. Cuando tu determinación menguó, me acuerdo mirando fijamente el techo, lamenté que no fueras fiel a ti mismo, y de una manera más general la inclinación de la gente a adaptarse a todas las circunstancias, a conformarse con los infiernos más degradantes. Al mismo

168

tiempo, me decía pegado a tu lecho de enfermo y sumido en una angustia llena de contradicciones, ¿cómo no retroceder cuando se está al borde del enorme vacío? Los animales se paralizan cuando huelen la muerte. ¡Si por lo menos te hubieras echado para atrás! ¡Si por lo menos hubiera distinguido un asomo de terror o de revuelta! No, te mostrabas resignado, te dirigías dócilmente al matadero. Necesitamos un modelo para validar nuestra concepción del hombre. Tú eras mi modelo, primo Maurice. Al desfallecer no hiciste nada más que traicionarme. ¡Y ahora ese comprimido machacado en el yogur! Y tal vez lo peor sea el yogur, pienso, ¿cómo demonios llegaste al yogur? Y seguramente te lo daba a cucharaditas una de tus niñeras. Yogur de vainilla más polvo antiideas lúgubres destinado a estimular tus sinapsis, me digo mientras enciendo la lámpara de la mesilla, como si en tu estado de marasmo y postración la muerte fuera una idea lúgubre. Te habías traicionado a ti mismo, mi pobre Maurice. Paulette y la doctora habían controlado el final de tu viaje, *qué quieres*. Tú no sabías nada, pero aceptabas el yogur. *Su* yogur, había dicho Paulette. El postre del niño y del viejo. Lo del yogur, ese no alimento ya repudiable por su mero envase, ¿era fruto de una inclinación disimulada o de la afluencia de serotonina en tu sistema nervioso? En este último caso, pienso mientras me levanto para servirme una copa de vodka, ¿dónde habían metido las muy cerdas las primeras pastillas machacadas?

Marion me explicó que el cúmulo de grasa que redondea la parte alta de la espalda de las mujeres y las catapulta a otra edad se llama la joroba de búfalo. Es la misma joroba de búfalo, bien despejada por el pelo recogido en una cola de caballo, la que vuelvo a ver en esta noche de insomnio, la cabeza hacia delante y el teléfono pegado a la oreja. La correa roja del bolso en bandolera que le tapa los pechos y el vientre. El caminar inseguro por la grava. Los dos vagones de los que aún me sigo preguntando si son de la época o reconstruidos, como si hubiera alguna diferencia, y sin embargo siento que sí la hay sin comprender muy bien por qué. Lo que veo es el cuerpo de mi hermana, y nuestra soledad a lo largo de la vía férrea. No pienso en los miles de deportados, absurdamente trasladados a otro siglo, sino en el cuerpo envejecido de mi hermana. Quizá no sea tanto el cuerpo envejecido como la energía desplegada en vano, la cabeza en proa, las piernas pesadas accionadas por unas ilusiones indescifrables. O bien los vaqueros oscuros y gruesos, de corte vulgar, escogidos por su comodidad y su carácter supuestamente informal, que por sí solos son la prueba de la edad, de la guillotina entre pasado y presente. Siento lástima por estos vagones inútiles. Siento lástima por la mujer llena de buena voluntad que viene de lejos con su bandolera roja. Esta noche veo claramente que pintamos poco, que no somos nada en absoluto.

Al teléfono, Serge me anuncia con voz sobreexcitada: *tengo dos buenas noticias.* Lo primero que pienso, no sin ser consciente de lo descabellado de la idea, es que ya no tiene problemas cardíacos y que le ha desaparecido la mancha en el pulmón. Si tengo que ser sincero, me preocupa más la mancha que el corazón, aunque no se trata de una cosa ni de la otra. Ha encontrado un apartamento para Joséphine. Un apartamento de una habitación y treinta y cinco metros cuadrados, un segundo piso con vistas despejadas en una calle por encima de Saint-Lazare. Ahora vive en él una prima segunda de Patrick Seligmann (otra vez él). Un chollo, según Serge, treinta por ciento por debajo del precio de mercado. No ha visto más que las fotos y quiere que lo acompañe a verlo. Hago algunas preguntas. ¿Por qué la señora lo vende un treinta por ciento por debajo del precio de mercado? Tiene prisa, se ha comprado algo en el sur cerca de su hija y no quiere saber nada de agencias. ¿Cómo piensas pagarlo? Esa es la otra buena noticia, se ríe, te lo contaré de viva voz.

Subimos la rue Adalbero-Klein. Ni una sola tienda. Un barrio vagamente siniestro que no me parece muy acorde con el temperamento de Joséphine. Se lo digo a Serge. ¿A ti te regalaron un apartamento cuando tenías veinticinco años?, dice. ¡Encima no va a elegir el barrio! Lleva una camisa blanca, ha adelgazado, lo encuentro especialmente bien. La otra buena noticia es la venta del garaje a Jean-Guy Aboav, el hermano de la mujer de Jacky Alcan. Me cuenta cómo lo ha seducido. Jean-Guy, le dije, dice Serge, antes que nada tienes que saber que lo que me interesaba no era la operación inmobiliaria, sino la explotación comercial del fondo. El garaje. Siempre me han gustado los coches. Quería aprovechar que vuelven los coches de época para dedicarme a los Oldtimers. Pero ahora hay plataformas en línea en las que puedes encontrar lo que quieras. Puedes ver el coche con vídeos de 360º igual de bien que si estuvieras in situ, y lo haces tumbado en la cama. Y hay otro problema, dije, había previsto hacer también un poco de taller tradicional, ya sabes, puestas a punto y tal. Pero con estas cadenas, Norauto, Feu Vert, que ofrecen un paquete de revisión por 69 euros, no hay nada que hacer. En cambio, tú, Jean-Guy, tú que eres hábil, sí sabrás sacarle partido. En los alrededores no hay más que casitas adosadas. Tendrán que autorizar la construcción de edificios de tres plantas. El subdelegado ya

171

está en ello. En cuanto al ayuntamiento, echarán una mano y aprovecharán para hacer una operación de recalificación urbana, reasfaltar la calle, renovar todas las fachadas. Total, que el barrio va a subir como la espuma. Haces una obra bonita de planta baja más dos pisos ¡y serás el rey! Ahí ya me di cuenta de que lo tenía en el bote. Y te voy a decir una cosa, Jean-Guy, dije, si no tuviera prisa, no vendería por nada del mundo. El problema es que tengo que reunir un poco de pasta para buscarle un techo a mi hija. Broche final. No falla, es genial cuando le dices a un judío que tienes que buscarle un techo a tu hija. Por último le pasé a mi notario, que le dijo lo mismo que a nosotros, es decir, nada.

Una vez delante del edificio, Serge ensalza la elegancia modesta de la fachada. Subimos a pie. La escalera huele a carne asada. En el hueco han encastrado con calzador un ascensor estrechísimo. Nos abre una mujer diminuta y saltarina. Lleva una chaqueta de chándal rojo y una falda larga de un grueso poco común. Serge le coge las dos manos. La mujer le llega al pecho. Es todo sonrisas. La puerta de entrada da directamente al salón. Cuando se aparta para dejarnos admirar el espacio, da un brinco. El salón está sembrado de pequeños objetos de cristal. Los hay por todas partes. En el aparador, en la mesa, en las estanterías, en la repisa del radiador. Hay algunos vasos, bolas, jarritas, relojes de arena u otros alambiques, pero la colección consta sobre todo de animales, pájaros, caballos, pulpos, gatos, osos, gallos multicolores... Nos enseña su figurita de wapití, que preside todo desde un pedestal y de la que parece estar especialmente orgullosa. La felicito. Ella ríe y le acaricia los cuernos con ternura. Serge ya está en la habitación. Me llama para que contemple la vista despejada y melancólica. Un muro bajo tras el cual descuella el techo de un taller abandonado, hiedra, varios árboles torcidos. Es coqueto, ¿no?, se maravilla. En ese preciso instante el suelo se pone a temblar, un estruendo aterrador surgido de las paredes mientras toda la colección de animalitos entrechoca en un concierto de tintineos superagudos. Después de unos segundos que se hacen eternos, todo vuelve a la normalidad. Nuestra anfitriona dobla una servilleta que guarda en la parte baja del aparador. No ha prestado la menor atención al fenómeno. ¿Qué ha sido eso, señora Ehrenthal?, dice Serge. La mujer bajita se ríe. ¡Oh, el metro! Pasa cada dos minutos. ¡A mis novios les encanta! Ya fuera, cruzamos la calle para ver más de cerca el simpático taller. Por la ventana había visto un cartel en el muro. Junto al permiso de obras, una imagen proyectiva hecha con ordenador presenta un complejo de quince pisos. Se la señalo a Serge con un sencillo gesto del dedo índice.

Marion ha encontrado la manera de endomingar a Luc, al punto de que me cuesta reconocerlo. Le ha puesto un chaleco sobre una camisa de topos azules de niño de misa, un pantalón gris demasiado planchado y zapatos de cemento. Por no hablar del peinado con rastrillo, que me recuerda ciertas fotos de clase de los años sesenta. Parece el tonto del pueblo al que hubieran disfrazado de padrino de boda. ¡Si es un cumpleaños infantil!, le digo a Marion. A ella le parece que está guapísimo. Accede a quitarle el chaleco. Sobre todo lo demás se muestra inflexible.

He aparcado el coche en una travesía. Marion nos dice adiós con la mano desde la ventana. Espero a doblar la esquina para arrugar un poco la camisa y desgreñar el pelo. Luc se deja hacer, más tieso que un palo. En el coche

173

le explico adónde vamos. Le hablo de Marzio, de Valentina, de mi hermano Serge, al que iremos a recoger. Lo veo por el retrovisor, escuchando solo a medias. ¿Tu hermano?, dice. Sí. ¿Cuántos años tiene? Como yo, un poco más. ¿Pongo música?, pregunto. Dice que sí. Pongo «Les Mots bleus» de Christophe en la versión de Alain Bashung. Se balancea entre sonrisas, repite «*je lui dirai, je lui dirai...*».* Hace un día bonito. Creo que estamos a gusto.

Serge nos espera delante de su casa. Traje de verano. Afeitado apurado. En el suelo, el enorme paquete mal envuelto de la grúa. Lo coloca febrilmente en el asiento de atrás, al lado de Luc. Vamos a llegar tarde, ¿por qué habéis tardado tanto?

–Venimos de Bègues.

–¿Traéis algún regalo?

–*La gran historia del universo.* Todo sobre la formación de la materia, tanto en la Tierra como en las estrellas y las galaxias. Es buena idea, ¿no te parece?

–Seguro que sí. Estoy de los nervios. En el coche no puedo fumar, ¿verdad? –Se vuelve hacia Luc–: ¿Te molesta si fumo, bonito? –Luc niega con la cabeza–. Eres muy amable, chico.

Fuma.

–No estés tan nervioso. Todo irá bien.

–Es fácil decirlo.

–Fue ella quien te lo propuso.

–Me he tomado dos Xéno.

–¡Pero si vamos a una merienda infantil!

–Precisamente.

Nos abre Valentina. Sonriente y fría.

–¡Marzio! ¡Ha llegado Serge!

* «Le voy a decir, le voy a decir...» (*N. del T.*)

174

Marzio acude corriendo y se pega a Serge. Serge está incómodo con el paquete. Con la mano que tiene libre agarra al niño de la barbilla. A ver qué cara tienes. ¡Mira qué te he traído, amiguito! Valentina le da un beso a Luc. Le quita de encima la *Historia del universo* que le he puesto en las manos. ¿Cómo te llamas?

–Luc.

–Yo soy Valentina.

Valentina dice que está contenta de verme. Varios niños de distintas edades gritan y corren en todas direcciones. En el salón atisbo algunos adultos, sobre todo mujeres. Marzio aferra con fuerza el gran paquete. Ábrelo, dice Serge. ¿Qué es?, pregunta Valentina. ¡Aquí no, en el recibidor no! Pero Marzio ya ha arrancado el finísimo papel de regalo. Aparece la imagen del juguete de plástico amarillo sobre un fondo de rascacielos. ¡Una grúa de construcción eléctrica!, anuncia Serge. En la habitación, ordena Valentina antes de marcharse pitando a la cocina, de donde la llaman. Sin mucho entusiasmo, Marzio se lleva la caja a su cuarto. Lo seguimos. La habitación, pequeña, ya está atestada. Veo el embalaje de un robot programable, encima de la cama una cámara digital estanca para niños, varios libros, un kit de explorador con lámpara frontal, prismáticos y brújula. Por el suelo, unos niños muy pequeños miran unos dibujos animados en un iPad. Marzio abre la caja. La grúa viene sin montar. Los componentes se desparraman por el suelo. Las instrucciones ocupan lo mismo que un mapa Michelin desplegado. Del salón llega una música ensordecedora. ¡Arista!, exclama Marzio, que nos deja plantados en el acto (más tarde me enteraré de que se trata de un cantante que se llama Harry Styles). Luc se arrodilla y levanta el brazo articulado de la grúa. ¿Quieres que la montemos?,

175

digo. Sí, sí, montadla, dice Serge. Luc abre ya todas las bolsitas de plástico que contienen las piezas. Un crío pequeño repta hacia nosotros y coge la cuchara de la grúa. Serge se la quita de las manos. El niño está a punto de llorar pero cambia de opinión. Serge se sienta en la cama. Base, torre y pluma se montan con facilidad, contrapeso, conexiones y cableados no plantean ningún problema. Desde su puesto de observación, Serge fuma y amenaza al pequeño poniendo mala cara a la menor tentativa de acercamiento. Las ruedas de las poleas son minúsculas, no consigo ver por dónde pasar los hilos. Serge se impacienta. Luc quiere hacerlo en mi lugar. Me ponen nervioso. Cuando estoy a punto de explotar, consigo colocar los hilos de tracción y el gancho. Está todo listo. Luc quiere accionar el control remoto. No, no, primero yo. Me gusta comprobar antes que nadie la calidad de mi trabajo. La pluma va y viene. La cuchara sube y baja. ¡Funciona! ¡Marzio, Marzio!, grita Serge desde la puerta de la habitación. ¿Cómo quieres que te oiga con esta música? Se va. Tengo sed. A pesar de que se me han soldado las articulaciones, logro levantarme y dejo a Luc con la grúa. En el salón, los niños bailan haciendo payasadas. Marzio se ha puesto unas gafas de color rosa y va adoptando caras de chiflado que otros niños imitan. Qué horror, menudo comicastro, me digo. Es una estupidez haber pensado en reunir a dos niños que están en las antípodas. Le llevo una Coca-Cola a Luc. Los pequeños han renunciado a los dibujos animados para ver manejar el aparato. ¿No quieres venir a bailar con los demás niños? No.

Me reúno con Serge, que está por ahí cerca del mueble biblioteca. Ni rastro de mis libros, nada, me dice por lo bajini, lo ha tirado todo. Una mujer bailotea con un nene sin quitarnos el ojo de encima. Le agita los brazos hipócritamente, como si fuera una imagen atractiva. Hace

176

muchísimo calor, pese a la ventana abierta. Por no hablar del extraordinario nivel sonoro debido a la música y a los estridores diversos. Vamos a la cocina a buscar agua fresca. Valentina está terminando de poner las velas en la tarta. Serge se ofrece a encenderlas con su mechero. Procede con agilidad. *Magnífico!,* exclama Valentina. Coge el plato y se lo da. Toma, ¡llévalo tú! Jean, ¿puedes pedir que quiten la música? Valentina se pone al frente de una pequeña procesión y entona el «Happy Birthday». Serge la sigue con la tarta. También canta, embebido en su papel inesperado. Yo voy a buscar a Luc. En el estrecho pasillo choco con una mujer que repatría a los pequeños. Todo el mundo rodea a Marzio, que inicia su tercera gran inspiración. ¡Quítate las gafas!, dice Valentina. Cuarta inspiración y soplido. Extinción de las diez velas. Aplausos. Serge ayuda a servir los trozos de tarta, va pasando los platos. También hay helado de vainilla. Bromea con los niños, añade aquí y allá, a la chita callando, un cacho de mazapán o una hoja confitada para los más golosos. Llega incluso a poner un babero de papel a una niña pequeña. Jamás lo había visto tan solícito. Nunca en la vida. En cuanto le sirven, Luc huye directo a la habitación. La mujer que bailaba me dice algo. Creo que está hablando de la tarta. De fresas. Quizá me pregunte quién soy. ¿Quién soy? Su hijo le tira del vestido con los dedos pringosos. Ella se lo quita de encima con suavidad. Es pizpireta a más no poder. Tengo el don de atraer a mujeres tremendamente pizpiretas. Me parece que Serge y Valentina intercambian unas palabras. Palabras de un lado a otro de la mesa en presencia de más gente, palabras insignificantes que revolotean como plumas al viento. Ella ríe. Serge aún consigue hacerla reír, me digo, no está todo perdido. Y siento una punzada inexplicable. Marzio, con las gafas de montura y cristales rosa, vuelve a pegarse a él. ¿Qué son estas gafas?, pregunta Serge. Las gafas de Dough Trash, dice Marzio.

–Se va a estropear la vista –dice Valentina.

–Aún no ha visto su grúa. Jean la ha montado.

–Pero ve a ver tu grúa, Marzio, ¡que Jean la ha montado!

–Ah, sí.

Marzio y Serge se van a la habitación. Los sigo.

De inmediato percibo un ruido anormal. El patinazo de un motor que hace que me imagine unas pilas quemándose. Los hilos que sujetan la cuchara se han enredado. Luc trata de desenmarañarlos con una mano mientras con la otra se empecina en darle al mando. Todo el mecanismo se ha atascado. ¡Para, para!, digo.

–¿Qué pasa? –dice Serge.

–Los hilos se han salido de las poleas y se han enredado.

–Pero ¿qué ha hecho? ¿Qué has hecho?

Luc se echa atrás, asustado.

–Él no ha hecho nada. Es esta cosa, ¡que es muy frágil!

–No es frágil, ¡lo que pasa es que hay que manejarla con cuidado!

–¡¿Y tú qué sabes si no la has montado?!

Me acuclillo como puedo, la espalda medio partida.

–Nos iría bien un abrecartas –digo–. O un alfiler. El problema es el tamaño de las ruedas de las poleas...

–¿Qué demonios ha hecho? Se la ha cargado. ¡El idiota este se la ha cargado!

Se vuelve hacia Marzio.

–¡Y tú ni siquiera la has visto funcionar! ¿Has visto qué bonita? ¡Funcionaba de maravilla!

Luc se echa a llorar. Marzio se va corriendo. ¡Mamá, mamá!, grita.

Le acaricio el pelo a Luc. No es culpa tuya, es la máquina esta, que es una mierda. No llores.

178

Valentina llega en tromba, Marzio a su sombra.

–¡Pero si es monstruosa! ¡No puede tener esto en su habitación!

–¿Por qué? ¡Si es magnífica! –dice Serge.

–¡Ocupa toda la habitación! ¡Es imposible moverse! ¡Sabes que en este cuarto no hay espacio! Lo sabes. ¡Has vivido aquí!

–¡Basta con que la pegue al radiador! Tiene diez años. ¡A su edad, yo era feliz en una leonera!

–No podemos quedarnos esta grúa. ¡Y deja de ponerte siempre como medida de todo!

–De todas formas, el niño este se la ha cargado –dice Serge.

Aparto la pluma de un manotazo y tiro la torre por el suelo. ¡Ya está! ¡Ahora sí está rota de verdad tu grúa de mierda!

Me incorporo. Lo siento, le digo a Marzio.

–No me gustaba mucho –dice Marzio, que no se ha despegado dc la falda de su madre.

–Sabes perfectamente que no es la clase de cosas que le interesan –le dice Valentina a Serge.

–No, no lo sé. ¿Qué le interesa? ¿La PlayStation? ¿Sus gafas de mariquita? ¿Qué te interesa, amigo?

–Ven, Luc –digo–. Discúlpanos, Valentina, nos vamos. Gracias por la hospitalidad.

–No me gusta que este niño llore –se preocupa Valentina.

–Lo superará.

Cojo de la mano a Luc y huimos.

Cuando veo en el retrovisor la carita colorada de Luc, pienso en nuestro padre. Pienso en nuestro padre, en su talento para la humillación, en su debilidad. Una debilidad que pasa de padres a hijos, como todo pasa al final de padres a hijos a pesar de la vigilancia o del rechazo, la mala fe, la claudicación, los arrebatos de locura mediocre; una herencia abrumadora y traicionera. No puedo volver a Bègues con este niño endomingado y el rostro hinchado de contener el llanto. ¿Dónde lleva el llanto? Tú también, Serge, tenías la nariz roja y te tragabas las lágrimas; te has convertido en un pobre hombre. Cincuenta años más tarde eres un cretino brutal.

–¿Qué quieres hacer, Luc? Vamos los dos a divertirnos a alguna parte.

Veo cómo mueve los labios. Murmura algo. Habla más alto, no te oigo.

–A la piscina...

–A la piscina es complicado. Es tarde. No llevamos bañador, no llevamos nada... Repíteme los movimientos de la braza...

–Oración...

–Oración... ¿Y?... ¿Después de la oración?... Sub...

–Marino...

–Espera, ¡tengo una idea genial! Te va a encantar.

–¿Qué es?

–Una sorpresa.

En el retrovisor me ha parecido que se alegraba un poco. El sol entraba en el coche. Todo estaba bien. O a lo mejor todo estaba triste. A saber cómo son las cosas.

En la entrada de los Inválidos, he dicho: mira, fíjate, han puesto un Panzer 4. Cuando era niño reconocía todos los modelos alemanes de la Segunda Guerra Mundial. A Luc le daba completamente igual, ni siquiera sabía que estaba hablando de un tanque. En el patio de honor se sentía intimidado por los cañones. Todos los grandes generales franceses están enterrados en esta capilla, he dicho. A su edad, una frase como esta podía conducirme a no sé qué visiones surrealistas y macabras.

En el museo de los mapas en relieve, Luc da la vuelta poco a poco a la maqueta de Bayona. Se detiene un momento para mirar el puente y la fortaleza, y prosigue cansino el recorrido a lo largo de los campos. ¿Sabes cómo se llama el río?, digo. Es el Adur. Tengo que contenerme para no saturarlo de información. Vuelve a dar otra vuelta en sentido inverso, la mirada ya puesta en la maqueta de Blaye. Se va a Blaye. Se mueve de un fortín a otro como aletargado. Da la vuelta al castillo de If, al de Belle-Île, al de Perpiñán. Deambula de una caja acristalada a otra. De vez en cuando se detiene a contemplar las murallas, las fortificaciones, el mar, el batiburrillo de casas. Digo: ¡parecen tus ciudades! Mira: ¡Saint-Tropez! (¿Por qué iba a interesarle Saint-Tropez?) ¡Mira, el castillo de Oléron! ¿Te has fijado en los pequeños conos de sal de las marinas? ¿No te parecen bonitas estas maquetas? Me gustaría que se pusiera a correr como hace siempre. Sé que es feliz cuando corre. Pero no corre. Va a sentarse en el suelo, en un rincón oscuro, apoyado en el pedestal de un busto del mariscal Vauban. Lo cojo de la mano, ven, te voy a enseñar una cosa. Lo llevo a una salita que conozco. Se pueden ver los materiales y herramientas con que se fabrican las maquetas. Le enseño el tornillo para hacer el agujero de los árboles, la arena de distintos colores y texturas en unos compartimentos de madera para las carreteras y los caminos. ¡La ruedecilla con la que hacen los surcos de los campos! Todas las sedas, todos los polvos que hay que teñir para los relieves y los cultivos. Luc se pega a las vitrinas, se interesa por los utensilios. Me lo llevo de regreso a la galería. Ven a ver el monte Saint-Michel. La maqueta la hicieron los monjes de la abadía para Luis XIV. ¿Sabes quién era Luis XIV? Lo sabe. ¡Se dice incluso que la hizo un monje solo! En el monte Saint-Michel, Luc cobra vida. Da una vuelta a la isla, y otra, termina corriendo a lo largo del mar y las murallas, se mueve dando saltitos, va hacia delante y hacia atrás, lo veo subir, en secreto, de noche, los escalones abruptos que separan los acantilados, noto cómo recorre pitando, la cabeza baja, el camino de ronda. ¿Dónde vives?, digo. Cuando termina sus propias ciudades, me pregunta a cada vez dónde vivo yo. Vuelve a dar una vuelta concentrado. Vive en lo alto de la muralla, delante de una torre semicircular. ¡Vaya, no está mal! – ¿Y tú? Dudo. He visto en el pueblo una casa con jardincito, pero me da miedo no tener vistas. Luc, ven a ver las celdas de los monjes, digo, y se las ilumino con la linterna del móvil. Cama, mesa, imágenes devotas. Mira rápido las partes ocultas del monasterio, los cuadros del interior de la iglesia imposibles de ver sin luz, y se marcha a otra parte por las calles con empedrado de guijarros. Vuelve a ser Luc. Todo está bien. O triste. No se sabe.

Atascos en la salida de París. Llamo a Marion desde el coche. Está al borde de las lágrimas por culpa del enésimo altercado con el vecino de abajo. Hoy tocaba drama por el riego. El agua de las plantas de Marion cae en la jardinera de geranios del vecino, salpica y le mancha de tierra los cristales. ¡Como si lo hiciera adrede!, dice. Cuando ni siquiera me atrevo a regarlas, pobres, ¡tengo las campanillas casi secas! ¿Vosotros qué tal? ¿Ha ido bien?

–Sí.

–Me ha dicho que soy una gilipollas y que estoy mal follada.

–¿Conoce al argentino?

182

–¡No tiene ninguna gracia! Está enfermo. Quiero que le partas la cara.

–De momento estamos bloqueados en un embotellamiento.

Después de colgar, le digo a Luc: vamos a decir que lo hemos pasado bien en el cumpleaños. No hace falta contarle lo de la grúa y lo del imbécil de mi hermano. Siento vergüenza de mi hermano, ¿lo entiendes? Luc no dice nada.

–¡Y yo que te quería presentar al tal Marzio! Jamás he conocido a un niño más estúpido.

Marion nos abre en albornoz con un turbante africano en la cabeza. Aún está mojada de la ducha y parece menos histérica que al teléfono. Quiere conocer de inmediato los últimos cotilleos, sobre todo saber cómo están las cosas entre Serge y Valentina. Valentina se merece a alguien mucho mejor, digo.

–¿Y eso qué tiene que ver?

–Había demasiada gente, demasiado ruido en ese cumpleaños. No nos hemos quedado mucho rato. Me he llevado a Luc a los Inválidos, a ver maquetas de ciudades fortificadas.

–¿Ha congeniado con el hijo de Valentina?

–Ya lo creo.

Se deja caer en el sofá esquinero mientras atrae a Luc.

–¿Te has entendido bien con el niño?

Luc se le sube a la falda y se acurruca formando un ovillo. Marion le acaricia la frente.

–Podemos invitarlo a que venga un domingo. Me he hecho un tinte vegetal. Me pica horrores. Jean, hazme un favor, llama a la puerta del chiflado y dile que, como vuelva a insultarme, te lo vas a cargar.

–Voy todos los meses.

–Solo fuiste una vez. Con un tono melifluo y cobarde.

–Dos veces. Y tú le habías llamado imbécil.

–¡Pues claro!... ¿Y si sirves unos vasos de vodka para los dos?

Me siento a su lado con los vasos.

–En Polonia descubrí el vodka con jengibre.

Dice: lo voy a acostar pronto. Mañana tiene colegio. La tele está encendida sin el sonido. Astilleros y transatlántico gigantesco. Presidente riendo con ese curioso respingo en las narinas. Inefable seriedad de los participantes en un plató. Luc estira las piernas sobre las mías. El salón está manga por hombro. Un desorden agradable de accesorios femeninos, instrumentos domésticos, piezas de juguetes, una infinidad de objetos errantes. Fuera, la luz declina sobre los edificios de Bègues. Se oye el chasquido de las puertas de los coches al cerrar. Los ruidos de Bègues son distintos a los de París. Son ruidos un poco tristes y como de ningún lugar. Bègues no tiene alrededores. Ni límites reales. Allí donde termina Bègues empieza otra ciudad, y donde termina esta empieza otra, que es por así decir la misma. En el museo, las ciudades se distinguían en el paisaje, obra humana apelotonada, construida en pleno misterio. Marion está contenta de vivir en Bègues. De modo que existe un lugar que se llama Bègues. Si pienso en Bègues como lugar, es decir, como un lugar en el que vivir de forma duradera, enseguida me atenaza un dolor de exilio. En el museo de los mapas en relieve podía proyectarme en una casucha en Bayona, me rodeaban la guerra y lo Desconocido. Los regresos son amargos. Marion balbucea a su hijo cosas al oído. Le habla en una lengua que no existe. Una canción inventada en los primeros meses del bebé que ha guardado solo para él. Sirvo más vodka para los dos. La tele emite sus imágenes convulsas.

Marion se quita el turbante africano. ¿Crees que nos encaminamos hacia un mundo horrible?, dice. Y añade: este niño debería cenar, mañana tienes colegio, cariño. Se retuerce el pelo y me pregunta de qué color le ha quedado. Pongo cara de circunstancias. Ríe. Luc tiene un agujero en el calcetín. Meto el dedo para hacerle cosquillas.

He leído en alguna parte que, al envejecer, los hombres pueden tomar dos direcciones. Unos se fabrican una coraza y se hacen más duros, y otros se abren y se sumen en el melodrama. El tío Jean es de los que se sumen en el melodrama. Ahora mismo me encuentro en uno de esos pabellones modernos que lindan con el Bois de Vincennes bailando con mi hermana el «Jailhouse Rock» de Elvis Presley. Una hora antes, en el salón de actos contiguo, padres a la derecha y alumnos a la izquierda, asistíamos a la tediosa entrega de diplomas de graduación de la escuela Émile Poillot. El DJ, amoldado al ambiente multigeneracional, pasa del rap a los clásicos de siempre. Un areópago burlón integrado por Margot, Joséphine, Victor y algunos compañeros de promoción nos vigila mientras bebe ponche. Jo parece completamente recuperada de la evaporación del tunecino. Sin separarse nunca más de un metro del bufé, Ramos merodea y picotea con fingida indolencia. El tío Jean se ha quitado la americana. Hace dar vueltas a su hermana con la pasión de los viejos. Es una pasión singular, incansable y tensa, una pasión temeraria de la que el hombre sale jadeando y sediento, dejando la pista a su pesar y con la esperanza de volver renovado por un secreto mecanismo. El tío Jean se acerca a Ramos, le pone la mano en el hombro y le pregunta qué tal está la sangría, al fin y al cabo es español. A Ramos le parece correcta (aunque con demasiada canela) y se apresura a servirle (de paso se echa un cucharón); también le elogia los calamares a la romana y las tapas de pimiento que han confeccionado los alumnos de primero, bueno, los alumnos de primero han preparado todo el banquete, dice con la cara roja como un tomate, del calor o del vino. Margot también quiere bailar con el tío Jean. Le tira de la camisa pero la música ya no se presta. Es una pena que el tío Serge no haya venido, dice. ¿Lo hemos invitado, por lo menos? Ramos selecciona una ración de tortilla y dice: creo que nadie lo invitó. Es una idiotez, dice ella. Sois todos unos idiotas. Vale ya de atiborrarte, papá, que ya estás fondón. En la terraza atestada de gente veo a Victor abrazar a una chica. Es alto y guapo (no como R...). Le pregunto a Margot si es su novia. No lo sabe. ¿Y tú?, dice, ¿por qué nunca vemos a tu novia? Yo no tengo novia. Estoy segura de que no estás solo, tío Jean. Para de molestar a la gente, dice Ramos tragándose una croqueta. Pienso en la palabra *solo*. Nana se ha sumado a nosotros y se me cuelga del brazo. Dice: qué guay esta fiesta. Le doy un beso en la nuca, que le arde, y pienso: mi hermanita querida. El personaje melodramático está a gusto en la fiesta de los Ochoa. Ha aplaudido el discurso a la excelencia del director, se ha emocionado cuando Victor se ha acercado al estrado con su sobre. Cree que no está solo. De hecho, va de fiesta en fiesta. Ayer estuvo en la del colegio de Luc. El niño apenas hizo una mínima aparición disfrazado de mafioso napolitano, con las gafas negras comiéndole la cara. Luego fueron a cenar una pizza. No estoy solo, se dice. Observa el gran salón, la explanada de delante en la que familias y amigos beben, comen y se divierten. Forma parte de esta agrupación fraternal, levanta la copa, ríe, ahuyenta los fugaces nubarrones sombríos que lo rondan, cierra los ojos cuando se presenta el abismo en que cae la multitud de personas despreocupadas, los hermanos, las hermanas, las primas, los prometidos, los viejos, los graduados.

Son las dos de la madrugada. La calle está vacía. No tardo en advertir su forma oscura, más oscura que la noche. Posado en uno de los guardarruedas de la puerta cochera, el cuervo de la rue Grèze me espera. Digo *el* cuervo porque está claro que se trata del mismo cuervo que hace unos meses despedazaba la paloma muerta. ¿Qué hace a estas horas? Me ha visto de lejos y reina inmóvil y presuntuoso como el cuervo de Edgar Allan Poe *–fue a posarse en el busto de Palas, sobre el dintel de mi puerta. Posado, inmóvil, y nada más–*. Le pregunto en voz alta: ¿qué quieres? Me mira sin pestañear. ¿Cómo te llamas?, añado. Dime cuál es tu nombre. Aguzo el oído, espero a que pronuncie *Nevermore!* en su lengua nativa, como su novelesco predecesor. Pero no dice nada, convertido en estatua sobre el pilón de piedra. En un pueblo de España por el que caminaba una noche ya lejana con una chica que me gustaba, nos siguió una procesión de gansos negros. Surgidos de no sé dónde, habían acompañado nuestros pasos formando un cortejo inquietante y lúgubre. Hacía calor. Yo cogía a Ariane de la cintura y avanzábamos en silencio por entre las casas sin luz tratando de encontrar un sentido al desorden vital. Era la clase de chica de mi juventud que iba de un lado a otro del mundo. El pelo le olía a incienso, llevaba amuletos y polvo blanco en los bolsillos. ¿Qué es de la gente que se aleja? El cuervo levanta las alas y las vuelve a plegar. En otras épocas de mi vida me habría importado un bledo esta presencia, no me habría quedado en el umbral obsesionado con el negro glacial del plumaje y el pico fúnebre. ¿Qué fragilidad (cobardía) me paraliza ante esta

187

ave? Alza el vuelo, carroñero. Lárgate. Déjame entrar en casa, bestia siniestra.

Cuando vuelve el verano, vuelve el tiempo. La naturaleza se te ríe en las narices. El espíritu de gozo desgarra el alma. El verano contiene todos los veranos, los de antes y los que jamás llegaremos a ver. El verano pasado nuestra madre aún vivía. Iba decayendo poco a poco en su planta baja de Asnières bajo la vigilancia de unas auxiliares de enfermería más o menos compasivas, moviéndose de la cama a la silla de cocina, donde se sentaba en balde, luchando contra un dolor incesante en el corazón. Durante casi dos semanas se encontró sola, a merced de las celadoras erigidas en cómitres. No nos pareció necesario establecer unos turnos para que no estuviera abandonada. Yo la llamaba desde Vallorcine, donde participaba en unas expediciones en la montaña. Me hablaba con una voz mermada que me mortificaba y apenas se quejaba. Después de cada conversación telefónica, llamaba de inmediato a Serge (en Grecia con Valentina) o a Nana (en la cabaña que tienen en Torre dos Moreno). Ellos hacían lo mismo. En cada ocasión nos preguntábamos si no sería bueno que uno de nosotros volviera, y nadie volvía. Algunos veranos se remontan a mucho tiempo atrás. El verano de los gansos negros, de camino a Portugal. El verano del GR 20 en Córcega y de los dos perros con los que habíamos caminado y que corrían detrás del coche. El verano de mis oposiciones. El verano de Jerusalén en el autocar con Serge. Más lejos todavía queda un verano en el parque Roger Oudot, Nanny Miro en un banco, su bolso blando al lado y, dentro, otro bolsito del que salían los ovillos de lana y el hilo con el que iba tejiendo. Una larga serie de imágenes almacenadas en un cerebro normal y corriente y que desaparecerán con él. Imágenes

188

intrascendentes y sin más vínculo entre sí que el centelleo pérfido del verano, esa cuchilla que vuelve todos los años para hacernos daño.

Me llama el 20 de julio. Veinte, buen número. Dos más cero igual a dos. Número lenitivo y amistoso. Se ha asegurado de escoger esta fecha para el segundo TAC. Acaba de salir. Hacía un mes que no hablábamos. En los días posteriores al cumpleaños de Marzio había esperado una señal, una manifestación incluso indirecta para preservar su amor propio (el amor que llaman propio, decía nuestro padre). En vano. Me comunica que el nódulo ha duplicado su tamaño. ¿Duplicado?

–Hemos pasado de seis a once milímetros.

–¿Qué te han dicho del TAC?

–¿Qué quieres que me digan?

–¿Dónde estás?

–En la calle.

–¿Estás bien?

–En mi vida me he sentido mejor.

A los dos días lo acompaño al neumólogo. Un hombre alto y enjuto de mediana edad con un mechón ondulado en la frente. En la pared, encima de él, un póster conceptual del polo Sur. Nos recibe con una expresión de pasmo que no le abandonará en ningún momento. Hojea el informe del examen y confirma sobriamente el probable aumento de tamaño del nódulo. Luego introduce un CD en el ordenador y se acomoda en el sillón para estudiar las imágenes. Un climatizador portátil manda a la salita un aire refrigerado. Los pequeños clics del teclado se distinguen detrás del ruido del ventilador. Serge lleva unos vaqueros anchos y acartonados. Hacía años que no lo veía en vaqueros. Por cierto, que no sabe llevarlos. ¿Se ha puesto unos vaqueros para parecer más joven o para mantener a toda costa un aspecto de cotidianidad? El neumólogo no deja de escrutar la pantalla. Serge lo mira, las manos cruzadas entre los muslos, el tronco configurado en una inmovilidad cavernosa. En realidad, me doy cuenta, no mira al médico, sino el azul del Antártico en medio de los continentes grises del póster. Mira fijamente el azul amigo, el azul positivo, aunque este de aquí sea claro, porque el azul claro, me dijo un día, está vinculado con la chorrera y es por lo tanto menos gratificante, si bien efectivo a falta de un azul oscuro. La ventana da a un patio de luces en obras. De tarde en tarde unas sombras desfilan por detrás de las lonas. La voz acolchada que brota en medio del silencio dice: habrá que hacer algunas exploraciones complementarias.

El neumólogo propone una endoscopia bronquial, que consiste en introducir un tubo por la nariz y la garganta para obtener muestras de la tráquea y los bronquios. No descarta una infección de origen bacteriano. Una tuberculosis u otra infección tórpida podrían dar esta misma imagen, dice. Las palabras *bacteria* y *tuberculosis* son tremendamente reconfortantes, su dimensión novelesca es un buen augurio. Por desgracia, no tarda en echarlo todo a perder con su segunda prescripción, una tomografía PET. La tomografía PET, continúa con una voz aterciopelada que espanta, es un examen más sofisticado que nos dará información sobre la naturaleza del nódulo y, llegado el caso, detectará otras anomalías al margen de los pulmones.

Ya sabemos qué es una tomografía PET, muchacho, pienso. Fuimos a hacer una en Sarcelles con mi madre. Ambiente lúgubre. Espera interminable en la sala. No me apetece oír de nuevo esa música. De repente me vienen imágenes de años en la montaña con nuestro padre y Maurice. Los mocasines blancos de Maurice, que nuestro padre llamaba las pantuflas de la rue Raffet y con los que Maurice resbalaba y caía mientras lo sacábamos de una maraña de zarzas. Nos hinchábamos a comer frambuesas y fresas silvestres, discutíamos sin parar sobre sus cualidades respectivas. La frambuesa silvestre es mejor, o digamos más previsible, que la fresa en general, su sabor es más fiable. Entre una frambuesa y una fresa silvestres recogidas una al lado de la otra, la frambuesa tiene todos los números de ser mejor, pero ninguna frambuesa llegará jamás a los talones de una gran fresa silvestre. En eso siempre estuvimos de acuerdo, me digo. Mientras el neumólogo habla del compuesto radiomarcador, del trazador, de la Asistencia Pública, del Centro Cardiológico del Norte, pienso en el hijo de Zita resbalando por un barranco de nenúfares para coger una frambuesa que había más abajo. Los nenúfares habían ocultado el declive y él terminó cayendo por el torrente.

–¿Y si fija el azúcar? –dice Serge.

–Sería un argumento más para pensar en algo que está activo y prolifera –dice el hombre con su cara de pasmo.

–Un cáncer –dice Serge.

–Es una de las hipótesis.

–¿Y después qué se hace?

–Es posible que nos veamos obligados a extirparlo. Pero no es prudente hablar de eso antes de tener los resultados. A estas alturas no puedo darle todas las hipótesis diagnósticas y terapéuticas.

En la acera, el cortejo incomprensible de dos palomas torcaces. Él parece darlo todo. La sigue con el pico entre las plumas, se ciñe a todos los meandros de la confusa trayectoria de ella. De repente se separan y toman direcciones opuestas. Ella vuelve indolente hacia él, que no le hace ni caso, picotea algo en la reja del árbol y revolotea para aterrizar un metro más allá. Ella se mueve en círculo. Él vuelve y gira sobre sí mismo hinchando las plumas del cuello. El camarero trae dos cafés y dos vodkas. Serge dice: ni una palabra a Joséphine.

–No.

–¡Tuberculosis! ¿Desde cuándo la tuberculosis causa un tumor?

–Ha hablado de secuela. Secuela nodular benigna.

–Benigna. Para engañarme.

–¿Estás solo esta noche? Ven a cenar. Haré espaguetis al ajo.

Asiente. Nos quedamos en silencio.

Hace calor. El castaño empieza a perder las hojas. Al cabo de un rato, Serge dice: Peggy Wigstrom se casa.

–¿Qué me dices?

–Con un corredor de seguros.

–Tendrías que deshacerte de ese horror de planta.

–¿Tú crees?

–Tírala. Te echaré una mano.

–A lo mejor tengo una infección.

–Seguro que sí.

–Una infección de nada. ¡Y hop!

–Hop.

–O un cáncer fulminante.

–Ni lo pienses.

Nos trincamos los vodkas. Pido dos más. Doble, dice Serge.

–Qué coñazo lo de la endoscopia. ¿Por qué no me hacen directamente la maldita tomografía PET?

–Porque quizá tienes una infección.

192

Enciende el enésimo Marlboro Gold. La paloma se ha tumbado. Su pretendiente se ha subido encima en una agitación de alas febriles.

–Qué lejos queda la alegría de antes –dice.

–La alegría de antes terminó. Pero nos queda la risa.

Asiente con la cabeza.

–¿Sabes qué me gustaría volver a ver? *El jovencito Frankenstein.*

–A mí también –digo.

–¿Te acuerdas de cuánto se rió papá, él que no reía fácilmente?

–Nos daba vergüenza.

–Todo el cine lo miraba. Pero éramos felices.

Cuando fumas dos paquetes al día, dice Nana, ¡no puedes esperar otra cosa! La noticia del nódulo en el pulmón y de su crecimiento (que le anuncié yo por teléfono) desató un seísmo irracional y frenético. Me había esmerado en presentarle las cosas con una perspectiva tranquila, reforzando la hipótesis bacteriana, pero a las dos frases ya no me escuchaba. Serge había cavado su tumba con una vida de excesos y ausencia de deporte, con su rechazo a cualquier forma de disciplina. En Polonia, a Nana le había quedado claro que era un tipo incapaz de contenerse. ¿Qué otra cosa evidenciaba la perpetua falta de voluntad, sino una propensión a la autodestrucción? Se reprochaba haberle dicho que su vida era un fracaso. ¿Y qué vida no lo era? ¿En base a qué criterios podía decirse que una vida era o no un fracaso? Ella misma consideraba a veces su propia vida bajo la óptica del extravío. Se había interesado por los demás ya mayor y veía en su viraje caritativo un arrebato para retomar una senda que llevara a alguna parte. Pero si había podido hacer algo era gracias a su entorno y a su estabilidad emocional, cosas de las que Serge no podía presumir. A decir verdad, en Auschwitz ya le pareció que tenía mala cara. Era un poco *chamana* (así lo dijo) y notaba esta clase de cosas. Lo había encontrado cansado y decaído, como envuelto en una aureola de bruma sombría. Pero, Dios mío, ¡quién iba a pensar que semejante catástrofe pudiera abatirse sobre nosotros en cualquier momento! ¿Íbamos a revivir lo que habíamos vivido con nuestros padres? Los largos pasillos de espera y de tormento, la escasa contabilidad de las esperanzas. ¿Y por qué esta enfermedad se cebaba en nuestra familia? La interrumpí. Traté de explicarle que cualquier diagnóstico era prematuro. Me esforcé por oponerle una serenidad barata, y ese papel de ponderador se me antojó de pronto impostado y de una vanidad grotesca. ¿Qué debía hacer? ¿Llamarlo? ¿Iba a reaccionar bien? Me preguntó qué tal lo llevaba. Es valiente, le dije. Pero también esta palabra me pareció desprovista de sentido. Hubo una laguna en la conversación y me pareció oír que lloraba. También yo noté que se me caían las lágrimas y contuve la respiración para que no se diera cuenta.

En Jerusalén yo seguía a Serge por las callejuelas atestadas del casco antiguo de la ciudad árabe. Habíamos dejado el grupo y me sentía ebrio de libertad en aquel lugar ignoto. Seguía a mi hermano en medio de la multitud. Tenía miedo de perderlo. Mi hermano se iba volviendo para comprobar mi presencia. Yo le decía hola con un gesto de la mano para tranquilizarlo. Siempre he seguido a Serge. Él se quejaba cuando éramos niños. En el piso de la rue Pagnol, se movía con una lapa pegada a los talones.

La endoscopia bronquial no arrojó nada. Ninguna infección, ninguna neumonía providencial.

A la lista de grandes criminales añadiría a algunos decoradores, me digo mientras miro la bancada de asientos vacíos y lacados en azul, paralela a la nuestra, que está fijada a la pared de enfrente. Aparte de estos asientos, no hay absolutamente nada más. Un suelo liso y color bistre debajo de un plafón con fluorescentes. Ni mesas ni plantas, a duras penas se distingue una máquina de agua en la esquina del pasillo. Una cenefa de un verde pálido recorre las paredes grises a la altura de la cabeza. Decoremos el búnker con un detalle primaveral, pensaron los muy cabrones. La persona que se sienta en la sala de espera en el sótano del Departamento de Medicina Nuclear del Hospital Madeleine Brès se ve sumida en un abismo de soledad. El enfermo que introducirá el cuerpo en la máquina o el acompañante al que el protocolo y su propia impotencia neutralizan. En el búnker somos tres. Pegados a la pared, en la banqueta industrial, los tres hijos Popper. Entre nosotros, seremos siempre los tres *hijos* Popper.

Nana dice: la última vez que estuvimos los tres juntos fue en Auschwitz, ahora una tomografía PET en el Madeleine Brès. Quizá habría que ir buscando algo más divertido que hacer.

Serge se vuelve hacia ella (él está en medio), la atrae hacia sí por la cola de caballo y le da un beso en el cuello.

—¿Qué hace tu marido solo en su cabañuela de Torre dos Moreno?

—Pesca caballas. Margot irá con él.

—¿Y el gran chef?

—Está de segundo de cocina en un nuevo restaurante cerca de Lafayette. Pero solo son dos.

—¿Y el *fast food*?

—A la vuelta de las vacaciones.

Ella se corre un poco para apretarse contra él y acariciarle la espalda con la mano, pero estos asientos no están hechos para efusiones de intimidad.

Después de la endoscopia tiramos la planta de Seligmann. La maceta, el tutor de PVC y los ganchos en dos bolsas grandes de basura. Menuda porquería de planta. Entra una enfermera y dice: ¿el señor Popper?

Serge Popper se levanta. Sujeta su historia clínica como un alumno aplicado.

Entre nosotros deja un hueco azulado.